CONSTITUTION GÉOLOGIQUE

DU CAMBRESIS

CONSTITUTION GÉOLOGIQUE

DU CAMBRESIS

par M. Jules GOSSELET

DOCTEUR ÈS-SCIENCES.

———◆◆———

Le travail que je présente sous ce titre à la Société d'Emulation de Cambrai, se compose de trois parties.

La première, est une introduction destinée à faire comprendre aux personnes peu versées dans l'étude de la Géologie, les principes généraux de la science.

La seconde, est une description générale des terrains qui forment le sol et le sous-sol du Cambresis, jusqu'à une grande profondeur. Le Cambresis est un pays très peu accidenté; il est difficile d'y reconnaître les relations géologiques des divers terrains et leur ordre de superposition ; aussi, pour presque toutes ces questions, j'ai été obligé de prendre des exemples en dehors de l'arrondissement.

La troisième partie, qui sera la plus longue, comprendra : une description du sol de chaque commune, l'indication des diverses carrières et autres exploitations auxquelles donne lieu le sous-sol, la profondeur et la position géologique des nappes aquifères dans lesquelles sont creusés les puits. Une telle étude, à laquelle je ne puis consacrer que peu de temps chaque année, sera longue. Si je l'entreprends, c'est que je la crois utile à mes concitoyens, et, malgré sa difficulté, j'espère la mener un jour à bonne fin.

PREMIÈRE PARTIE.

—

CONSIDÉRATIONS GÉNÉRALES SERVANT D'INTRODUCTION A LA
DESCRIPTION GÉOLOGIQUE DU CAMBRESIS.

La terre, depuis le premier jour de la création, a-t-
elle été ce que nous la voyons, ou bien, peut-on distinguer dans sa formation plusieurs périodes successives?
Telle est la première question qui se présente quand
on aborde l'étude de la Géologie; et de la manière
dont elle sera résolue, nous pourrons en conclure la
nature de cette science. Que la terre doive son origine
soit à un phénomène physique ou chimique, soit à un
acte d'une volonté toute puissante, si elle ne s'est pas
modifiée depuis le jour où elle s'est constituée, la Géologie se bornera à une simple théorie ou à une admira-
tion respectueuse. Mais si, au contraire, notre monde
s'est formé peu à peu, s'il s'est modifié dans sa structure, dans sa forme extérieure, dans les conditions bio-
logiques qu'il offre à ses habitants, si en un mot, il a
une histoire, la Géologie devient une science au même
titre que l'histoire des Assyriens ou des Egyptiens; et
nous pouvons espérer en observant les vestiges que

nous ont laissés les mondes anciens, arriver à reconstituer par la pensée notre terre telle qu'elle était à telle ou telle période géologique, comme l'antiquaire à l'aide de ses médailles et de ses monuments, parvient à nous faire connaître les civilisations qui nous ont précédés.

Pour résoudre la question que nous avons posée, examinons la roche que le mineur retire de ses puits avant d'arriver au terrain houiller; il l'appelle tourtia; les géologues la nomment poudingue. N'a-t-elle pas, en effet, quelqu'analogie avec l'un des mets que notre cuisine a été chercher de l'autre côté de la Manche? Voyez ces nombreux petits cailloux arrondis dont la couleur foncée brune ou noire tranche sur la masse plus ou moins blanche de la roche, les uns sont en marbre, les autres en silex ou pierre à fusil. Ces petits cailloux sont tout-à-fait semblables aux galets que l'on trouve au fond de nos ruisseaux ou sur le bord de la mer, et nous sommes conduits à penser qu'avant d'être empâtés dans le poudingue, ils ont été usés, arrondis par une cause analogue. Il y avait donc avant la formation du poudingue, des rochers durs de silex et de marbre, dont des fragments détachés et entraînés par les eaux ont été transformés en galets. Le sol des environs de Cambrai, tel qu'il existe, a donc été précédé d'un sol antérieur, et comme l'usure et le poli de ces cailloux ont demandé un certain temps, nous pouvons en conclure que la formation des deux sols a été séparé par un temps plus ou moins long.

Si l'on cherche attentivement dans la pierre blanche de Rumilly, on ne tarde pas à y trouver des coquilles, des oursins analogues à ceux qui vivent maintenant dans nos mers. Nul doute que ces animaux n'ont eu, eux aussi, le même mode d'existence. A l'époque où ils vivaient, la mer couvrait les environs de Cambrai, et au fond de cette mer se déposait avec les débris des animaux morts une boue blanche qui, en se durcissant, a donné naissance aux énormes bancs de pierre dont nous parlons. L'observation que je cite, nous démontre, une seconde fois, que le sol a subi des modifications considérables, mais elle ne nous conduit pas plus loin.

Dans les puits de mine de Denain, on rencontre la pierre blanche avec coquilles marines, et c'est seulement en dessous que l'on trouve le poudingue. Celui-ci formait donc le fond de la mer dans laquelle s'est déposée la pierre blanche. Ne voyons-nous pas alors que nous pouvons compter plusieurs époques dans la formation de notre sol, et, pour ne rappeler que celles que nous avons citées :

1re époque. — Formation des rochers de marbre et de silex qui accompagnent le terrain houiller ;

2e époque. — Formation du poudingue ;

3e époque. — Formation de la pierre blanche ;

4e époque. — Le sol de Cambrai est abandonné par la mer ; il se couvre d'arbres et se peuple d'hommes.

Dans le cours de cette étude, nous constaterons que les modifications subies par le sol ont été bien plus nombreuses. Il nous suffirait, pour ce moment, de démontrer la *multiplicité des époques géologiques.*

Ce n'est point assez de savoir que la terre a un passé, une histoire, nous devons encore nous demander comment nous pourrons fouiller dans ce passé dont nous séparent tant de siècles ? quel sera le fil d'Ariane qui nous permettra de remonter le labyrinthe des âges? C'est la question que l'on se posait il y a une trentaine d'années, et les réponses des maîtres de la science n'étaient pas faites pour encourager les chercheurs. « Le fil des opérations est rompu, » disait Cuvier, — « la marche de la nature est changée ; aucun des agents « qu'elle emploie aujourd'hui ne lui aurait suffi pour « produire ses anciens ouvrages. » (Discours sur les révolutions du globe, 1812.)

Un Français, Constant Préyost, s'éleva le premier contre une pareille théorie. Vers 1825, il soutint que les temps actuels n'étaient que la continuation normale des temps géologiques, que l'on devait expliquer les phénomènes de cette époque par les causes qui, de nos jours encore, agissent pour modifier le sol. Cette idée si naturelle, si philosophique, ne trouva d'abord en France que des contradicteurs. Mais un savant anglais, sir Charles Lyell l'adopta, la fit admettre par ses compatriotes, et lorsqu'elle repassa le détroit sous son patronage, elle fut accueillie par ceux mêmes qui avaient été les contradicteurs de Constant Prévost. Aujourd'hui tout le monde s'est rallié à la théorie des *Causes actuelles*.

Nous pouvons maintenant définir la Géologie, l'histoire des modifications qu'a subies la terre avec ses habitants, depuis son origine jusqu'à nos jours. Ce n'est pas à la Géologie qu'il appartient de constater l'état actuel de notre globe ; elle emprunte ses notions à la Géographie, à l'Astronomie, à la Minéralogie, de même qu'elle demande à la Zoologie et à la Botanique, des renseignements sur la structure et les mœurs des êtres vivants pour leur comparer ceux dont on trouve les débris enfouis dans la terre.

La Géologie est avant tout une question d'origine ; c'est pour cela qu'ayant à parler de la Géologie des environs de Cambrai, je ne me bornerai pas à décrire les terrains que l'on trouve à la surface de l'arrondissement, je chercherai à retrouver les diverses phases géologiques par lesquelles a passé ce pays. Ces études ne seront pas inutiles : en faisant connaître le sol du Cambresis dans toute sa profondeur, elles nous permettront d'apprécier combien sont incertaines les espérances que l'on pourrait conserver d'y trouver un jour, soit le charbon, soit d'autres substances utiles que l'on y a si souvent, mais si vainement recherchées.

De tous temps, on a fait des conjectures sur l'origine de la terre. Depuis Bias jusqu'à Buffon, tous, philosophes de l'antiquité et savants modernes, ont donné le champ libre à leur imagination et ont inventé des théories, séduisantes peut-être, mais purement spéculatives. C'est seulement à la fin du dernier siècle que l'on comprit qu'il fallait demander à l'observation la solution du problème ; mais on se trompa sur la marche à suivre ; on courut vers les montagnes, et l'on n'y rencontra que le cahos. Heureusement, d'autres observateurs mieux inspirés, s'attachèrent à étudier en détail nos pays de plaines. Ils cherchèrent d'abord à constater la nature minéralogique du sol dans les diverses contrées. Ainsi, Monnet, dont le nom ne doit jamais être oublié quand on parle de la Géologie de notre patrie, puisque de concert avec Guettard, il publia, en 1781, la première description minéralogique de la France, Monnet remarqua, dans le nord de la France, un pays d'ardoises aux environs de Givet et de Fumay); un pays de marbre, entre Givet et Avesnes ; la Picardie, pays formé de la craie à silex (il y comprend le Cambresis); la Flandre ou domine le grès et le sable.

Mais ces travaux et quelques autres qui les suivirent précieux encore par les renseignements qu'ils fournissent, n'indiquent ni les rapports réciproques des divers terrains, ni l'ordre et les conditions dans lesquels ils se sont formés. C'est seulement au commencement de ce siècle que Brongniart en France, Werner en Allemagne, Smith en Angleterre nous enseignèrent à observer la disposition des roches et à en déduire leur âge relatif; aussi, est-ce bien eux que l'on doit reconnaître comme les fondateurs de la Géologie. Ils s'assurèrent que le sol présente une structure constante et parfaitement régulière, dans les pays de plaines du moins. Les diverses substances minérales, qui le constituent, y sont déposées en couches horizontales, superposées les unes aux autres de telle sorte, que les plus anciennes sont les plus profondes. Ils montrèrent que pour étudier ces couches anciennes, il n'est pas besoin de creuser des puits, de faire des sondages ; il suffit de s'écarter des plaines, de se rapprocher des montagnes, et alors, on voit apparaître successivement toutes les roches qui forment le sous-sol de la plaine. C'est ce que va montrer l'exemple suivant :

La plaine qui est au nord de Paris et qui porte la ville de St-Denis est formée par une marne blanche renfermant des coquilles analogues à celles que nous trouvons dans nos étangs. Sans nous inquiéter des collines qui s'élèvent au-dessus de la plaine, ni des vallées formées par les rivières, dirigeons-nous vers le nord : A Nanteuil-le-Hardouin nous entrons dans un terrain de sable ; puis on trouve près de Crespy-en-Vallois et de Villers-Cotterets une pierre de calcaire grossier, dur, servant à construire les maisons. On marche sur cette pierre jusque près de La Fère, sans autres interruptions que les vallées de l'Aisne et de la Lette ; aux environs de La Fère on rencontre de l'argile avec des couches de charbon pyriteux qui est exploité sous le nom de cendres pour amender les terres et fabriquer l'alun ; puis vient la craie qui s'étend jusqu'au-delà de Landrecies, formant tout le sol du Cambresis ; de Landrecies à Maubeuge, on rencontre par place des argiles employées pour les poteries, et en-dessous des sables à très-gros grains riches en minerais de fer. Aux environs de Maubeuge on est à une hauteur de 180 mètres au-dessus du niveau de la mer, tandis que la plaine de Saint-Denis n'atteignait qu'une élévation de 40 mètres. Que l'on s'éloigne de Paris vers l'ouest ou vers l'est, on verra le sol s'élever et on trouvera toujours, dans le même ordre les roches que nous avons rencontrées en nous dirigeant vers le nord.

Ce sont aussi les mêmes roches, c'est aussi le même ordre que l'on a observé en creusant des puits artésiens dans les environs de Paris. Lorsqu'on a fait le puits de St-Denis, on a trouvé, sous le calcaire à coquille d'étang, des sables, du calcaire grossier à bâtir; puis enfin des argiles avec des cendres pyriteuses. C'est dans des sables subordonnés aux argiles que l'on s'est arrêté après avoir rencontré une nappe d'eau jaillissante. Le puits de Grenelle est plus profond et les couches qui ont été forées sont :

> Terrains superficiels ;
> Calcaire grossier à bâtir ;
> - Argile avec charbon pyriteux ;
> Craie ;
> Argile à poteries ;
> Sables verts avec minerais de fer.

On voit par ces exemples que les divers terrains sont disposés comme des cuvettes placées l'une dans l'autre et d'autant moins étendues qu'elles sont plus intérieures.

Cette étude de la disposition des couches et de leurs relations porte le nom de Stratigraphie. Elle peut suffire dans beaucoup de cas pour les observations géologiques, mais dans d'autres cas elle est insuffisante et peut même conduire à de graves erreurs. D'ailleurs ces observations de détails qui obligent à des voyages fatigants, et qui ne deviennent faciles qu'après une longue habitude, n'étaient pas faites pour frapper l'imagination du public; réduites à leur propre intérêt, elles n'auraient jamais été que l'occupation du savant ou l'art de l'ingénieur.

Lorsque en 1812 Cuvier annonça que le lieu où s'élève orgueilleusement la capitale qui donnait alors des lois au monde, était, avant de s'appeler Paris, un lac sur les bords duquel vivaient des animaux aujourd'hui inconnus, des êtres qui tenaient du cochon, du tapir, de l'hippopotame, ce fut un étonnement général. L'assertion de Cuvier n'avait rien de vague et d'hypothétique ; il apportait ses preuves : rassemblant des pièces éparses de côté et d'autre, et guidé par la science anatomique dont il était le créateur, il reconstruisait complètement ces animaux ; il indiquait leurs habitudes et leurs mœurs ; il ressuscitait une nature anéantie. Ces faits étaient bien propres à frapper l'imagination. Des gens du monde, toujours prêts à exagérer les résultats de la science, par cela même qu'ils en comprennent moins les procédés, remplirent les anciens âges d'animaux gigantesques, d'êtres plus ou moins fantastiques, et sans s'inquiéter des déductions scientifiques de l'immortel anatomiste, ils attribuèrent au déluge biblique la destruction de ces monstres. De nos jours encore, c'est l'opinion régnante parmi les hommes qui prétendent à la réputation d'hommes instruits. En vain les savants publient des mémoires, en vain ils démontrent que la surface de la terre s'est modifiée un grand nombre de fois, qu'elle a été habitée par des populations différentes et successives, le bruit de leurs disputes ne franchit pas le seuil des académies. Cependant, depuis quelques années, des hommes habitués à écrire pour le public, cherchent à l'initier aux considérations géologiques et recouvrent la science du manteau plus séduisant de la littérature (1). Puissent leurs efforts réussir! Puissent-ils inspirer cet amour de la nature, cette curiosité scientifique que l'on trouve si développée chez nos voisins d'Angleterre et d'Allemagne!

Excités par les travaux de Brongniart et de Cuvier, une foule de jeunes savants se mirent avec ardeur à scruter chaque couche de la terre, à rechercher les restes des animaux qui y sont enfouis. Rarement ils trouvèrent des Paleotherium ou des Mastodontes, mais ils amassèrent de nombreuses coquilles; ils reconnurent que chaque couche a ses espèces propres; que sa nature minéralogique peut changer, de calcaire qu'elle était, par exemple, devenir argileuse ou sableuse, sans qu'on cesse d'y trouver les mêmes espèces; que dès lors une couche est bien mieux caractérisée par sa faune que par sa composition pétrographique. De là naquit une nouvelle science la Paléontologie, qui, avec la Stratigraphie et la Pétrographie, forme actuellement la base de la Géologie.

Quelque soit l'état sous lequel la terre sortit des mains du créateur, il est très-probable qu'à une certaine époque c'était une masse liquide en fusion. Voici les raisons qui font admettre cette hypothèse:

(1) *Histoire des os d'un Géant,* par S. Henri Berthoud, Paris 1863.
La Terre avant le Déluge, par Louis Figuier, Paris 1863.

1° La Terre, tout le monde le sait, est légèrement aplatie aux pôles : les Mathématiciens ont démontré que c'était exactement la forme que prendrait une masse liquide suspendue dans l'espace et animé d'un mouvement de rotation sur elle-même, égal au mouvement terrestre.

2° Les Laves qui sortent par les bouches des volcans et qui viennent par conséquent de l'intérieur de la terre sont en fusion, et ont par leur apparence comme par leur composition, beaucoup d'analogie avec les scories de nos établissements industriels.

3° Quand on creuse une mine ou un puits artésien, on remarque, à mesure que l'on descend, un accroissement de température variable avec les localités, mais que l'on peut estimer d'une manière générale à un degré par 30 mètres. Si cette loi, dont on n'a pu constater l'exactitude que près de la surface, se poursuit d'une manière régulière, à 30 kilomètres la température dépasse celle de l'eau bouillante, à 60 kilomètres la chaleur est suffisante pour fondre le Platine, le Granite et beaucoup d'autres roches. Et le centre de la terre est à une profondeur de 4,366 kilomètres!! Il est néanmoins peu probable que la chaleur aille en croissant d'une manière continue et régulière jusqu'au centre ; à un certain point il doit s'établir dans la masse liquide un équilibre de température qui rend la chaleur uniforme dans toute cette masse.

4° Si on admettait que notre globe est complètement solidifié il serait bien difficile d'expliquer les tremblements de terre et ces autres mouvements qui, pour être lents et insensibles, n'en jouent pas moins un grand rôle parmi les causes qui ont déterminé la structure actuelle de la terre, et qui la modifient encore chaque jour.

Si au contraire on suppose que la partie consolidée de l'écore terrestre repose sur une masse fluide et que son épaisseur est relativement très faible, un centième environ, rien n'est plus facile de comprendre pourquoi il y a peu de temps le sol de Torre del Graco, près de Naples, se souleva subitement de 1 mètre, pourquoi la côte de la Saintonge n'a cessé de s'exhausser depuis plusieurs siècles.

Ainsi l'intérieur de la terre est liquide et possède une chaleur considérable reste d'une chaleur initiale plus considérable encore. Notre Globe d'abord liquide se refroidissait en rayonnant dans l'espace, un jour le refroidissement fut assez grand pour que sa surface se couvrît d'une pellicule solide qui alla toujours en s'épaississant. En même temps, elle se plissait, se ridait, se brisait; les morceaux chevauchaient les uns sur les autres; en un mot elle devenait inégale. Ce fut la première origine des montagnes et des bassins de l'Océan; mais Océan sec et aride, l'eau mêlée à l'atmosphère ne se condensait et ne retombait sur la terre que pour se volatiliser de nouveau. Plus tard elle put enfin séjourner à la surface de notre planète, qui se refroidissait toujours de plus en plus, et elle commença immédiatement à détruire le sol qui lui donnait asile.

Qui de nous n'a remarqué après un orage, le ravage

causé sur le sol des champs et des jardins; la poussière enlevée, les chemins traversés en tout sens par de petits ravins, les ruisseaux entraînant dans leur cours rapide du limon, du sable, de petits cailloux, autant de particules enlevées à l'empire de l'homme. Lorsque les causes pluviales après avoir formé les fleuves vont se réunir dans le vaste Océan, elles n'en continuent pas moins leur œuvre de destruction. A la marée haute les vagues viennent battre le pied des falaises, le rongent, le minent d'une manière incessante; la partie supérieure du rocher n'ayant plus d'appui s'écroule et un nouveau lambeau de terre ferme a disparu dans l'Océan.

Rien ne résiste à cette action destructive de l'eau; les rochers les plus durs, comme les sols les plus mobiles, tout devient sa proie. La craie ou pierre blanche est composée uniquement de carbonate de chaux; elle est insoluble dans l'eau pure; mais l'eau de pluie est chargée d'acide carbonique et grâce à cet acide, chaque goutte d'eau qui tombe entraîne en dissolution une particule calcaire. Le Granite lui-même est décomposé; un de ses éléments, le Feldspath s'altère; il se produit un silicate alcalin soluble qui se dissout dans l'eau des pluies et un silicate terreux qui constitue l'argile. Les autres éléments du granite désagrégés et passant à l'état de sable sont avec l'argile entraînés par les mêmes eaux. Ce que l'eau fait de nos jours, elle l'a fait dans les premiers temps et avec une énergie d'autant plus grande que sa température était plus élevée.

Mais si l'eau est un agent destructeur, elle est aussi un agent créateur. Rien ne se perd dans la nature; les corps se transforment, les atômes se séparent pour se grouper d'une autre façon, aucun ne s'anéantit. Le limon entraîné par les ruisseaux et par les fleuves se dépose à leur embouchure et produit les polders de la Hollande, le delta du Nil, etc. Le sable porté jusque dans la mer et rejeté ensuite sur nos rivages s'accumule en dunes. Le carbonate de chaux va dans l'Océan donner aux Mollusques et aux Coraux les matériaux nécessaires à la construction de leurs coquilles. Après la mort des animaux leurs dépouilles se déposent au fond des mers et y produisent de nouvelles masses de calcaire où les générations futures viennent puiser de quoi bâtir leurs demeures. Les silicates alcalins vont nourrir ces myriades d'enfusoirs siliceux, qui eux aussi, contribuent par leurs carapaces à la formation d'un sol nouveau.

Ainsi le moment où l'eau commença à détruire le sol primitif, fut aussi le moment où elle commença à construire un nouveau sol que l'on a appelé *sol de remblai.*

Mais l'eau n'est pas le seul élément qui contribue à la formation du sol de remblai. Il arrive souvent que la croûte solide vient à se briser; que la matière intérieure encore fluide sort par la crevasse, s'épanche à la surface, et fournit de nouveaux matériaux qui viennent s'ajouter à ceux que l'eau à déposés. Ces cassures, et ces épanchements, qui de nos jours constituent les volcans, devaient être d'autant plus fréquents dans l'origine que l'enveloppe était moins épaisse.

Les deux causes qui de nos jours contribuent à accroître le sol ont donc présidé dès les premiers temps à sa formation; de là la division des roches d'après leur origine en roches de formation aqueuse ou Neptunienne et roches de formation ignée ou Plutonnienne. Les premières composées de sable, d'argile, de calcaire, de gypse, renfermant souvent des fossiles, toujours disposées en couches ou strates; les secondes essentiellement formées de silicates, souvent cristallisées, toujours dépourvues de fossiles, constituant des amas plus ou moins considérables, des filons, des cônes volcaniques.

Quel laps de temps s'écoula-t-il jusqu'à la formation du premier être vivant? Combien de temps la nature fut-elle livrée aux seules forces physiques? Combien de temps la vague vint-elle s'éteindre sur la plage de granite sans y abandonner de coquillages ou de fucus? C'est là ce que nous ne savons pas maintenant, et ce que nous ne saurons peut-être jamais. Chaque jour la science fait un pas; chaque jour elle soulève un nouveau coin du voile qui cache tant de mystères. Arrivera-t-elle à son but? Parviendra-t-elle à saisir sur ce fait la main du créateur? C'est peu probable. Plus les roches sont anciennes, plus elles ont été modifiées par les révolutions du globe, plus elles ont été imprégnées des émanations volcaniques qui en ont souvent changé complétement la texture et la composition. Cette action postérieure que l'on appelle *Métamorphisme* a détruit presque complètement les traces des êtres organisés; et dans l'ignorance où nous sommes, si ces roches ont contenu des animaux, nous devons forcément les considérer comme *Azoïques*.

Les mêmes difficultés se présentent, lorsqu'on veut déterminer d'une manière précise l'instant où apparut sur la terre le roi de la création. Il y a quelques années, les savants niaient encore que l'homme eût vécu en même temps que le mamouth, l'ours des cavernes, le bœuf antique et autres animaux perdus. Actuellement, tous ceux qui ont étudié la question sans idée préconçue, admettent cette contemporanéité. Bien que l'état de la science ne nous permette pas d'indiquer d'une manière exacte l'époque où se sont produits ces trois grands faits : formation des premiers sédiments, apparition des premiers êtres vivants, création du premier homme, ils n'en marquent pas moins le commencement des trois grandes époques qui correspondaient dans l'histoire scientifique de la terre, à ce que sont dans l'histoire de l'humanité les temps héroïques, les temps historiques et les temps contemporains. On peut les désigner sous les noms de *temps azoïques, temps paléontoniques* (1), *temps contemporains.* Quant aux temps qui se sont écoulés avant la formation des premiers sédiments, ils correspondent aux temps fabuleux de l'histoire, et tout ce que

---

(1) M. de Vézian a déjà distingué ces trois périodes essentielles de l'histoire de la terre. Il les désigne sous les noms de Périodes Neptunienne, Tellurique et Diluvienne. Ces noms sont basés sur des considérations théoriques qui ne me semblent pas exactes; d'ailleurs le nom de Neptunienne a déjà été désigné depuis longtemps pour indiquer un mode d'origine qui s'applique aussi bien aux temps actuels qu'aux temps passés et ce mot de Période Diluvienne ne peut pas se dire d'une manière exacte en parlant de l'âge présent. Si j'emploie ce mot nouveau de Paléontonique, c'est que le mot si simple de Paléozoïque a déjà été pris dans un sens particulier, et que du reste cette expression s'accorde avec celle de paléontologie, employée pour désigner la science qui s'occupe essentiellement des êtres antérieurs à la création de l'homme.

nous en savons repose sur des hypothèses. Quel est le sol primitif? Nous ne le savons même pas. On admet généralement que c'est le granite; il y aurait peut-être des raisons pour penser que c'est le gneiss (sorte de granite feuilleté), et ces deux opinions pourraient bien être vraies toutes deux; car le granite à petits grains se lie très intimement au gneiss. Quand bien même l'une et l'autre, ou bien l'une ou l'autre de ces roches constituerait le sol primitif plus ou moins modifié, elles existent certainement toutes deux dans le sol de remblai.

Le sol primitif ne s'est pas seulement accru à l'extérieur, continuellement il s'est épaissi intérieurement par suite du refroidissement et de la consolidation de la masse interne. Nous ne pouvons observer directement le sol sous primitif, mais nous pouvons faire quelques hypothèses plausibles sur sa composition. Il est probable que les roches éruptives qui sont venues se déverser à la surface extérieure de la terre provenaient de la couche liquide la plus voisine, de celle qui allait se consolider, on peut donc admettre que les mêmes modifications de composition que nous voyons se produire dans les roches éruptives à mesure que leur âge est plus récent, sont les mêmes que celles qui existent dans les couches successives du sol sous primitif.

Les temps Paléontoniques, les plus importants au point de vue de la Géologie positive, ont été divisés en trois grands âges désignés sous les noms de Primaires, Secondaires, Tertiaires, et caractérisés spécialement par les êtres organisés qui y ont vécu. En continuant notre comparaison avec l'histoire, nous voyons dans ces trois grands âges géologiques, les analogues de l'âge ancien, du moyen-âge et de l'âge moderne.

Pendant l'âge primaire vivaient les Trilobites, sorte de crustacés marins qui avaient le pouvoir de s'enrouler sur eux-mêmes comme les Cloportes; les Orthocères, dont la coquille ressemblait à un grand cône cloisonné; les Orthis, les Spirifer, les Productus, mollusques de la classe du Brachiopodes; des poissons dont la colonne vertébrale se prolongeait dans le lobe supérieur de la queue, caractère qu'on ne voit plus maintenant que chez le requin et un petit nombre d'autres. Vers la fin de cette période, on commence à voir apparaître les reptiles.

Pendant l'âge secondaire, les reptiles sont nombreux : Les uns (Ichtyosaures) se rapprochent pour la taille et certains détails d'organisation de nos cétacés actuels; d'autres (Pterodactyles) avaient une aile assez analogue à celle de la chauve-souris; d'autres (Labyrintodons) ressemblaient à de gigantesques grenouilles armées d'une mâchoire de crocodile. C'est aussi alors qu'apparaissent les premiers mammifères, tous petits et plus ou moins semblables à ces êtres singuliers qui habitent maintenant l'Australie. Mais les fossiles les plus abondants des terrains secondaires sont les Ammonites et les Belemnites appartenant les unes et les autres à la classe des mollusques Céphalopodes et se rapprochant, les Ammonites des Nautiles, les Belemnites de la Seiche.

L'âge tertiare est caractérisé par les nombreux

Mammifères qu'il a vu naître et par des coquilles qui ont la plus grande analogie avec les coquilles de nos mers actuelles.

Il ne faudrait pas, d'après ce que je viens de dire, penser que les animaux des âges primaires et secondaires fussent tous très différents de ceux qui vivent sur nos côtes. L'un des fossiles les plus anciens que l'on connaisse est une Lingule, genre qui vit encore de nos jours dans l'archipel Indien. Les Natices existaient dès la première période de l'âge primaire, et on les trouve encore en abondance dans nos mers. On peut dire cependant d'une manière générale, que plus on remonte dans la suite des âges, plus l'ensemble de la création se distingue de l'état actuel.

Les âges, que je viens de citer ont été divisés en plusieurs périodes ; et les divers lambeaux du sol qui se sont déposés pendant chacune de ces périodes ont reçu le nom de TERRAINS. Les terrains se divisent en *étages* qui correspondent à des *époques* distinctes ; les étages, en *assises ;* les assises, en *couches*.

Il est inutile de décrire maintenant tous les terrains ; ceux qui ne se trouvent pas dans les environs de Cambrai intéressent peu les lecteurs de ce travail ; ceux qui y existent, seront l'objet d'une étude plus complète dans la 2e partie, etc. Je me bornerai donc ici à donner un tableau énumératif.

DIVISIONS DE L'HISTOIRE DU SOL DE REMBLAI			
TEMPS AZOIQUES.		Formation de la *zone azoïque* ou schisto cristalline.	
TEMPS PALÉONTO-NIQUES.	1er Age. Dépôt des TERRAINS PRIMAIRES.	1re période. Dépôt du terrain Silurien. 2e période. » terrain Dévonien. 3e période. » terrain Carbonifère 4e période. » terrain Permien.	
Formation de la *zone paléon-tonique* ou fossilifère	2e Age. Dépôt des TERRAINS SECONDAIRES	5e période. » terrain Triasique. 6e période. » terrain Jurassique. 7e période. » terrain Crétacé.	
	3e Age. Dépôt des TERRAINS TERTIAIRES	8e période. » terrain Eocène. 9e période. » terrain Miocène. 10e période. » terrain Pliocène.	
TEMPS CONTEMPORAINS. Formation de la *zone contemporaine*.		1re période. Dépôt du terrain Diluvien. 2e période. Dépôt du terrain récent.	

Cambrai. — Typographie de L. Carion, rue de Noyon, n° 9.

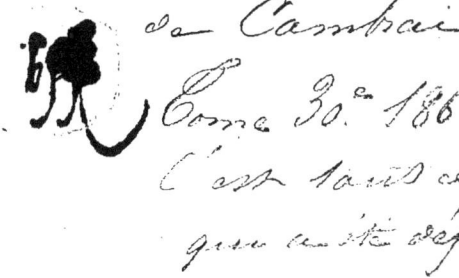

CONSTITUTION GÉOLOGIQUE

DU CAMBRESIS

par M. Jules GOSSELET,

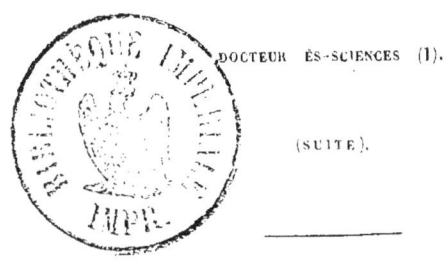

DOCTEUR ÈS-SCIENCES (1).

(SUITE).

II. CANTON DU CATEAU.

Le canton du Cateau comme celui de Solesmes a une inclinaison générale de l'E. vers l'O. et du S. au N. Ainsi l'ancien bois l'Évêque sur le territoire de La Groise est à une altitude de 186, et les hauteurs voisines entre Inchy et Troisvilles sont environ à 136 mètres, ce qui fait 50 mètres de .pente. La Haie Méneresse au S., est à 154 mètres et le plateau au N. de Neuvilly est à 144 mètres : différence 10 mètres.

1869

Partout le sol est formé par la terre végétale ou le limon, mais le sous-sol est variable.

Les terrains tertiaires sont peu développés dans le canton du Cateau.

Les silex à Nummulites lœvigata de l'éocène moyen, n'ont pas encore été trouvés dans ce canton bien qu'on les rencontre à moins de 500 mètres de ses limites, dans l'ancienne forêt de l'Arrouaise.

Les grès et les sables de l'éocène inférieur sont disséminés par places, ainsi on en trouve au S. du Mazinghien, sur le territoire du Cateau (à l'Est de Reumont), à Basuel et probablement aussi dans le bois d'Ors. Le lit d'argile plastique de Viesly (canton de Solesmes) s'étend aussi jusque sous le château de Clermont.

Le conglomérat à silex se présente avec ses caractères propres sur les territoires de Neuvilly, Montay, du Cateau et on peut dire sur toute la rive droite de la Selle et du ruisseau de Basuel, mais à l'Est, sa structure se modifie : il passe au tuffeau.

Le tuffeau n'existe avec sa structure ordinaire, qu'à St-Souplet ; partout ailleurs, il est formé de sable roussâtre, argileux, avec petites veines d'argile. C'est à ce niveau que je rapporte les sables exploités à St-Souplet et à Reumont et quelques couches sableuses rencontrées au Cateau et à Basuel, au-dessus des carrières. Souvent ce sable renferme à la base des silex et passe au conglomérat.

Dans le S. O. du canton, à Honnechy, Reumont, St-Souplet, Escaufourt, le conglomérat est remplacé par de l'argile plastique grise, prolongement de celle qui est si développée à Busigny et Becquignies, elle a parfois jusqu'à 3 mètres d'épaisseur. Elle est recouverte par le tuffeau argilo-sableux, ce qui montre qu'elle n'est pas au niveau des sables d'Ostricourt comme celle de Viesly.

Toutes les couches du terrain crétacé qui affleurent dans le canton de Solesmes, appartiennent à l'étage de la craie, et à l'assise de la craie marneuse. Ce sont à partir de la base :

1° Argile bleue pyriteuse.
2° Marnes grises à *Terebratulina gracilis.*
3° Craie à silex et *Micraster Leskei.*
4° Craie à *Micraster cor testudinarium.*

Les deux premières couches bien qu'existant partout sont souvent cachées par les terrains plus récents, les deux suivantes se montrent dans l'O. du canton, mais diminuent vers l'E. et finissent par disparaître. Ainsi la craie à Micraster Leskei n'existe pas dans les communes d'Ors et de la Groise ; elle est même très peu développée à Câtillon. Quant à la craie à cor testudinarium elle ne dépasse pas à l'O. la vallée de la Selle.

Partout où le sous-sol est formé par les argiles et par les marnes, le terrain froid et humide ne peut convenir qu'à des prairies. Au contraire, un sous-sol de craie et surtout de craie à Micraster cor testudinarium est très-propre à la production des céréales. Au point de vue géologique comme au point de vue agronomique, le canton du Cateau se divise en deux régions qui concordent assez bien avec les bassins hydrographiques. Les eaux superficielles de ce canton coulent les unes vers la Sambre, les autres vers l'Escaut par la Selle et l'Herclain.

La Sambre pénètre sur le territoire de Câtillon au S. du Bois de l'Abbaye à une altitude de 139 mètres ; elle en sort à 137 mètres, ce qui donne 2 mètres de pente pour 10 kilomètres ou environ 2 millimètres pour 100 mètres en ne tenant pas compte des petits détours. Dans tout ce parcours elle ne reçoit d'affluents que sur la rive droite, le petit ruisseau de La Groise et celui du Chapeau Rouge, sur la rive gauche le bassin hydrographique de la Sambre a très-peu de largeur. Les eaux de la Haie Tonnoille, ferme située à 2,200 mètres à l'O. de la vallée de la Sambre, se rendent déjà dans la Selle. Le sol de la vallée est formé par des alluvions tourbeuses qui reposent sur un gravier diluvien. Sous celui-ci on trouve l'argile bleue. La rive droite s'élève en pente insensible couverte par le limon ; les marnes grises s'y retrouvent au fond des puits. Les collines de la rive gauche présentent en outre entre la marne grise et les terrains tertiaires une petite couche de craie à Micraster Leskei.

La Selle dont il a déjà été question, pénètre dans le canton au Moulin du Marais (commune de St-Souplet) à 200 mètres en aval d'une de ses principales sources et à une altitude de 111 mètres. Elle sort du territoire de Montay et de celui du canton après être descendue à 75 mètres et après un parcours de 10 kilomètres, sa pente moyenne est donc de 260 millimètres par 100 mètres. Les principaux affluents dans le canton, sont, le ruisseau des Essarts et celui de Basuel. Le

sous-sol de la vallée est généralement constitué par
les marnes grises à Terebratulina gracilis ; mais à
Montay, par suite d'un bombement du terrain sous-
jacent, on trouve l'argile bleue à une faible profondeur sous là couche d'alluvion moderne, qui
partout forme le sol supérieur de la vallée de la Selle.

Le ruisseau des Essarts, n'est pendant presque tout
son parcours qu'un ravin amenant les eaux pluviales
des territoires d'Escaufourt, Honnechy, Reumont,
mais à l'approche de St-Benin, il pénètre dans les
marnes grises et reçoit alors les eaux de quelques
fontaines dont la plus importante est celle des Essarts.

Le ruisseau de Basuel est formé par la réunion de
deux ravins qui naissent sur le territoire de cette
commune et coulent du N. au S. l'un à l'E., l'autre
à l'O. du village. Ils se réunissent ensuite pour se
diriger au N.-O. vers la Selle. Le bord et le fond
de ces ravins sont dans la craie à Micraster Leskei ;
mais à partir de leur confluent, le ruisseau coule sur
les marnes grises et reçoit les nombreuses sources qui
affleurent à ce niveau.

Toute la partie occidentale du canton verse ses
eaux dans l'*Herclain*. Le ravin dans lequel coule ce
torrent prend naissance à Honnechy. A Mauroy il est
à une altitude de 125° ; il sort du canton à l'altitude
de 100 mètres. Cette pente de 23 mètres est répartie
sur un parcours de 7 kilomètres 1/2 en ligne droite,
ce qui donne une moyenne de 300 millimètres pour
100 mètres. Cette pente se divise en une de 200 millimètres de Reumont à Inchy, et une autre de 370
millimètres d'Inchy à la limite du canton. Il y a eu

une erreur dans l'évaluation de la pente de l'Herclain dans le canton de Solesmes. Son altitude à sa sortie (Saint-Vaast) n'est que de 70 mètres, sa pente est conséquemment de 30 mètres pour 6 kilomètres 1/2, soit 460 millimètres pour 100 mètres. L'Herclain fait donc exception à ce qui a lieu pour la plupart des autres cours d'eau qui ont d'autant moins de pente qu'ils s'éloignent davantage de leur source. Cette particularité qui pourrait peut-être tenir à la structure géologique du cours de l'Herclain, peut aussi être le résultat de son régime exclusivement torrentiel. La rive droite présente la craie à une faible profondeur sous le limon. Le banc sableux qui forme la limite entre la zône à Micraster Leskei et à Micraster cor testudinarium, est dans plusieurs points au niveau du fond de la vallée.

Les nappes aquifères du canton de Solesmes sont peu nombreuses. 1° Dans la vallée de la Sambre on trouve dans le gravier du diluvium une nappe aquifère toute locale fournissant de l'eau à un grand nombre de puits d'Ors et de Câtillon.

2° Sur l'argile tertiaire de Viesly repose une nappe aquifère qui alimente les étangs du château de Clermont.

3° Le conglomérat qu'il soit à l'état d'argile pure comme à Honnechy, Reumont, Escaufourt, ou à l'état d'argile mélangée de silex, donne naissance à une nappe aquifère très-importante. L'eau est interposée dans les couches qui le surmontent immédiatement, soit dans le limon argilo-sableux, (La Groise, Câtillon, etc.), soit dans les sables (Arbre de Guise).

4° Les marnes grises à Terebratulina gracilis, présentent des alternances de bancs de marne argileuse et de craie marneuse. C'est un niveau de sources très-abondant et de beaucoup le plus important du pays. Une autre nappe aquifère plus profonde se trouve à la partie supérieure des argiles bleues, mais à ma connaissance aucun puits du canton du Cateau n'a besoin de pénétrer jusque-là. Les sources de ce niveau, s'il en existe, se confondent avec les précédentes.

BASUEL. Territoire de 1,134 hectares, incliné du sud au nord. Deux ravins suivent cette pente jusque vers l'extrémité de la commune ; là ils se réunissent pour former le ruisseau de Basuel qui coule de l'E. à l'O. vers la Selle. Le village est sur la pente entre les deux ravins. Les puits ont 15 mètres dans le haut ; ils traversent la craie à Micraster Leskei et vont chercher l'eau dans les marnes grises ; dans le bas ils vont au même niveau, mais leur profondeur n'est que de 10 mètres car ils n'ont à traverser que le limon, la craie n'existant pas dans ce point. Elle forme la berge droite du ruisseau de Basuel, on l'y exploite au mur de Becquereaux sous une faible épaisseur de limon. Elle se montre aussi sur les bords des deux ravins. Elle y est recouverte par le conglomérat à silex peu épais, et celui-ci par une couche argilo-sableuse verdâtre, renfermant souvent quelques silex et ayant une certaine ressemblance avec le tuffeau. Du côté du bois L'Évêque, il y a deux sablières l'une près du village, l'autre près du bois.

A la Haie Tonnoille, ferme située à l'extrémité S.-E. du territoire et à une altitude d'environ 143 mètres, les puits ont 15 mètres et traversent le sable des puits à marnes ouverts à 300 m. au S.-O. de la ferme, et à une altitude de 158 mètres ont traversé 17 m. de·limon et de sable, 2 m. de conglomérat et pénétré de 2 m. dans la craie à Micraster Leskei.

BEAUMONT. Cette commune de 316 hectares est coupée dans sa partie septentrionale par l'Herclain qui s'y dirige du S.-E. au N.-O. La rive droite du torrent est légèrement escarpée et la craie marneuse à Micraster cor testudinarium n'y est recouverte que par une couche très-mince de limon. A un niveau plus élevé se trouve l'argile noire qui retient les eaux des étangs du château de Clermont ; enfin près de ce château on trouverait probablement des sables. Le village et la plus grande partie du territoire sont sur la rive gauche. Le limon est très-épais de ce côté. Sur le chemin de Bertry, on exploite du sable qui renferme des veines d'argile prolongement de l'argile de Préelle. Les puits du village sont comme ceux d'Inchy.

LE CATEAU. Son territoire de 2,698 hectares est arrosé par une rivière, la Selle, et par quatre ruisseaux ou ravins principaux, le ruisseau de Basuel le ravin des Essarts, celui de Baudival et celui de Quennelet. Il y a en outre plusieurs autres petits ravins moins importants. La craie n'affleure que dans les escarpements de la vallée ; c'est la zône à Micraster Leskei ; cependant à l'extrémité S.-O. du territoire, on voit la zône à Micraster cor testudinarium. On y a ouvert de nombreuses carrières, les unes temporaires, les autres permanentes, parmi les dernières on doit citer celles du faubourg de Landrecies et celles du faubourg de Cambrai. Le conglomérat assez épais vers le Nord où il est exploité pour les chemins, diminue vers le Sud et souvent même disparaît. Dans les carrières la craie est surmontée de sable argileux un peu cohérent présentant de nombreux grains verts de glauconie et quelquefois une teinte rousse, c'est le tuffeau à l'état meuble. Le sable tertiaire est exploité du côté d'Honnechy et à l'E. de la station sur le chemin du Mazinghien. M. Bruyelle le cite dans d'autres endroits mais je ne l'y ai pas vu.

La vallée de la Selle est à 96^m. d'altitude à son entrée sur le territoire du Cateau et elle s'abaisse à 86^m. à sa sortie. Les hauteurs des environs sur les routes de Guise, de Landrecies, de Cambrai, etc., présentent une cote d'environ 146 mètres, ce qui porte la profondeur de la vallée à 60 mètres. Son fond repose sur les marnes grises ; sur ses bords on trouve des sources nombreuses et abondantes telles que la fontaine des Essarts et la fontaine des Nonnettes. Tous les puits pénètrent jusqu'à ce niveau aquifère et dans la ville même, leur profondeur varie avec la hauteur du quartier. Les plus profonds, au four à chaux de M. Carville, ont 40 mètres.

La moitié environ du territoire du Cateau est située à l'O. de la Selle et du ravin des Essarts. Ce plateau couvert de limon est entaillé par de profonds ravins qui laissent voir la craie.

A l'Est de la vallée de la Selle le plateau est découpé par quelques ravins ; il porte les fermes de Quennelet, de Baudival et de l'Avantage. Cette dernière située à l'extrémité S. E. du territoire, est à une altitude de

136 mètres ; ses puits n'ont cependant qu'une dizaine de mètres parce qu'ils s'arrêtent dans le limon.

Baudival et Quennelet sont environ à 135 mètres d'altitude, leurs puits ont 24 mètres et vont dans les marnes crayeuses. Le ravin de Baudival est creusé dans la craie. Il en est de même de celui de Pont-à-Cappelle sur la route de Landrecies, près du moulin, ce puits à de 30 à 35 mètres.

CATILLON. Etait avant sa séparation de La Groise la commune la plus étendue de l'arrondissement, elle est maintenant descendue au second rang. (1,900 hectares) elle est traversée du Nord au Sud par la Sambre et le canal de la Sambre à l'Oise. La vallée est à 138 mètres et les collines environnantes n'ont guère que 160 mètres; l'encaissement n'est donc que d'une vingtaine de mètres. A l'extrémité N.-E. du territoire de Beauvois on trouve la cote 168. Parmi les affluents de la Sambre, il n'y a guère à citer qu'un petit ruisseau venant de La Groise. Toutes les prairies qui entourent la rivière reposent sur de l'argile d'alluvion plus ou moins tourbeuse et renfermant par place du bois charbonnisé. Sous cette argile on trouve du gravier formé de petits galets bien arrondis ; puis la marne grise ou l'argile bleue de la craie marneuse (1). Tout le reste de la commune est recouvert par le limon et nulle part on ne voit affleurer la roche sous-jacente.

---

(1) Si on peut s'en rapporter au dire d'un ouvrier, un forage exécuté à l'entrée du village aurait rencontré à 15 mètres une roche blanche avec points verts et l'aurait suivie jusqu'à 120 mètres ; ce serait la craie glauconieuse mais l'épaisseur indiquée me parait très-douteuse.

Les galets qui existent dans l'argile tourbeuse de la vallée s'étendent jusqu'à une certaine hauteur sur les collines voisines où ils sont recouverts par le limon. On les a rencontrés dans les puits du haut de Câtillon, sur la route de La Groise, entre Petit-Saint-Martin et Hautrèpe. D'après leur position sous le limon on doit les rapporter au diluvium.

Tout le territoire de la commune est recouvert par le limon, les roches inférieures ne se montrent nulle part. Les sables éocènes n'existent qu'à la partie Sud, sous l'ancien bois de l'Arrouaise. Partout ailleurs sous le limon se trouve le conglomérat à silex reposant directement soit exceptionnellement sur la craie à silex et Micraster Leskei (elle est exploitée à l'E. de Laurette à une profondeur de 19 mètres et a une altitude d'environ 137 mètres), soit sur la marne grise à Terebratulina gracilis, soit sur l'argile bleue. Quelques puits vont chercher l'eau à la base du limon, mais comme ils sont souvent à sec dans les années chaudes, on les approfondit en pénétrant plus ou moins dans le conglomérat ou même dans les marnes. Ceux qui arrivent dans ce dernier étage donnent toujours de l'eau bonne et abondante. La profondeur des puits varie avec l'endroit où ils sont creusés et la nappe aquifère qu'ils exploitent. Dans le bas du village ils vont jusqu'à 18 mètres et pénètrent dans les marnes ; dans le haut ils n'ont que 12 à 13 mètres et ne dépassent pas le diluvium. Au hameau d'Hurtebise un puits a traversé 7 mètres d'argile, 2 mètres de silex, 5 mètres de marne blanche, 2 mètres d'argile bleue et a trouvé là une source abondante.

A la ferme de Beaurevoir le puits qui a 13 mètres

arrive dans le conglomérat. Au Chapeau-Rouge, les puits ont 20 mètres de profondeur, ils traversent 13 mètres d'argile et 7 mètres de conglomérat à silex et arrivent probablement à la partie supérieure des marnes grises. Sur les hauteurs de la Louvière et de Laurette les puits ont également une vingtaine de mètres, ils traversent aussi l'argile et le conglomérat. Dans les parties basses telles que le bois de l'Abbaye, le Rejet de Beaulieu, et le Petit-Cambresis, l'eau est à fleur du sol ; il y a des sources nombreuses. A la ferme Mollicourt, les puits ont 15 mètres, ils pénètrent dans la marne après avoir traversé 12 mètres d'argile, 2 mètres de sable diluvien et 1 m. de gravier.

La Groise. Commune de 904 hectares de superficie qui renferme le point le plus élevé de l'arrondissement de Cambrai : les hauteurs du bois l'Évêque étant à 186 mètres au-dessus du niveau de la mer. Le territoire est très-peu accidenté ; on n'y remarque que deux petits ruisseaux presque toujours à sec, l'un qui passe à l'entrée du village sur la route de Landrecies, et l'autre au S. du Chapeau-Rouge formant la limite des deux départements. Le sol est presque partout couvert de prairies ; il est entièrement formé par l'argile du limon sans aucun affleurement de roches sous-jacentes.

Les puits prennent l'eau de la base du limon en faisant leur fond dans le conglomérat. Les sources que l'on trouve dans les environs du bois L'Évêque proviennent aussi de ce niveau.

Honnechy. Commune de 647 hectares, sillonnée à l'Est par le ravin des Essarts. Ce ravin n'entame

la craie qu'à l'extrémité orientale du territoire ;
jusque-là, il est creusé dans le limon ou au
moins ses rives sont couvertes par le limon. Sur les
hauteurs du village, on trouve au-dessus de la craie,
30 centimètres de sable vert ou rouge rudiment de
tuffeau, et 3 mètres d'argile grise plastique analogue
à celle de Busigny. Certains puits prennent leurs
eaux à la surface de cette argile, ils n'ont que
quelques mètres de profondeur et sont creusés tout
entiers dans le limon. Les autres vont jusque sous
les marnes à une profondeur d'environ 28 mètres.

INCHY. Commune de 385 hectares, traversée par
l'Herclain qui y décrit un quart de cercle. Le sol
est formé par la craie à Micraster cor testudinarium
recouverte d'une couche plus ou moins épaisse de
limon. Il y a de nombreuses carrières souterraines,
les unes abandonnées, les autres encore en activité.
Dans le four à chaux situé à l'E. du territoire, on a
rencontré une pierre grise, friable, tendre et facile à
tailler. C'est la partie supérieure de la craie à
Micraster Leskei et à peu près le niveau de l'Herclain
(113m au-dessus du niveau de la mer). Les puits
d'Inchy vont jusque dans les marnes grises, ils ont de
23 à 33 mètres.

MAUROY. Petite commune de 209 hectares, traversée par le ravin de l'Herclain, qui y est à peu
près à sa naissance. Tout le sol est couvert de limon.
Les puits ont 25 mètres ils descendent dans les marnes
grises.

MAZINGHIEN. Commune de 897 hectares, entièrement couverte par le limon. Sous cette couche

argileuse on trouve presque partout le sable éocène; puis quelques décimètres de conglomérat et enfin la craie marneuse ou jeune mer, la marne est à 15 mètres de profondeur. Le sable éocène a dans certains cas jusqu'à 10 mètres d'épaisseur, on l'exploite au S. près du bois de Ribeaucourt, et au S. de l'Arbre de Guise dans le département de l'Aisne. Dans le haut du village et à l'Arbre de Guise les puits prennent l'eau dans le sable.

MONTAY. Petite commune de 346 hectares, traversée par la Selle qui reçoit sur la rive droite le ruisseau dit de Montay, sur la rive gauche le ravin de la Feuillie. Sur les hauteurs on trouve le limon et un sable glauconieux avec quelques silex, qui tient le milieu entre le tuffeau et le conglomérat. Les flancs de la vallée sont formés par le conglomérat et la craie à silex, le fond par les marnes grises et l'argile bleue. Dans les ravins de la Feuillie on peut suivre les affleurements crétacés, sur la rive droite jusqu'à Pont-à-Vaux, mais la craie n'atteint ni le 2e ni le 3e puits. A l'entrée de la chaussée romaine actuellement chemin de Forest, la craie à silex est creusée de cavités dans lesquelles a pénétré le terrain tertiaire. Les puits du village ont 3 mètres au plus et souvent l'eau est à fleur du sol. A la sucrerie on a fait pour les fondations des excavations qui ont présenté quelques faits intéressants. Ainsi on a traversé :

Limon	0	70
Marne blanche	3	
Gravier fin	0	60

Tourbe avec troncs d'arbres. . . 0 30
Argile bleue 10

La présence de la marne blanche au-dessus du
gravier et de la tourbe ne peut s'expliquer que par un
éboulement. La côte était primitivement plus escarpée
qu'elle ne l'est maintenant ; minée à la base par les
sources elle s'est en partie éboulée, et la marne qui la
formait est tombée sur les dépôts fluviatiles qui
s'étaient produits dans la vallée.

NEUVILLY. Commune de 1,246 hectares, traversée
par la Selle. La vallée est à une altitude de 80 m. Les
côtes environnantes atteignent 140 m. ce qui donne
une différence de niveau de 60 mètres. Le long de
l'escarpement de la rive droite on exploite les marnes
grises à Terebratulina gracilis et la craie à silex et
Micraster Leskei ; la rive gauche est moins escarpée.
Les puits prennent l'eau dans les marnes grises par
conséquent à fleur de terre pour le centre du village,
à 20 mètres de profondeur sur la route de Solesmes,
à 56 mètres à la ferme de Rambourlieux.

ORS. Commune de 1,798 hectares, traversée par
la Sambre et le canal de jonction et comprenant dans
ses limites le bois l'Évêque et le bois du Pommereuil.
Le fond de la vallée est formé par l'argile bleue, au-
dessus on rencontre le gravier diluvien. C'est dans ce
gravier que les puits du village vont puiser leur eau
à une faible profondeur. Lorsqu'on s'écarte de la
vallée leur profondeur augmente et ils pénètrent
jusque dans les marnes. Ainsi un puits creusé à la
rue d'En-Haut a traversé :

Argile jaune (limon) 3ᵐ 30

Gravier 1

Sable vert avec lit d'argile . . . 1 60

Argile noire sableuse avec quelques

    silex 3

Marne grise bleuâtre 1

Marne dure (marlon) 0 30

A cette profondeur on a trouvé une source abondante. A la Cense Trouée et sur le chemin de la Folie les puits n'ont en général que 5 à 8 mètres ils vont prendre l'eau à la base du limon. Il y en a cependant un plus profond qui traverse :

Argile jaune (limon) 6ᵐ

Conglomérat a silex 8

Marne blanche 2

Argile noire 0 70

Marne dure (marlon) blanche . . 7

Argile plastique bleue 7

Je suis assez porté à croire que l'on trouverait des sables et des grès dans le bois l'Évêque et je pense que l'eau des fontaines de l'Hermitage filtre à travers ces couches arénacées.

POMMEREUIL. Territoire de 589 hectares, séparé de Forest par le ruisseau du Flaqué Brifaut, et du Cateau par le ruisseau de Basuel. Ces ruisseaux coulent sur la marne grise. Au-dessus de cette marne on trouve dans la partie occidentale du territoire la craie à silex exploitée sur le chemin du Cateau près du ruisseau de Basuel, mais dans le village elle

n'existe pas, les puits passent directement du conglomérat dans les marnes. Ils ont 22 mètres près de
l'église et 30 sur le chemin de Basuel. Le conglomérat
à silex est assez épais ; il forme le fond du vallon entre
Pommereuil et Hurtevent. Le sable n'affleure nulle
part bien qu'il existe en certains points comme on a
pu le constater par des sondages ; dans la rue de Basuel
quelques puits l'ont rencontré à 6 mètres de profondeur.

REUMONT. Petite commune de 277 hectares, traversée par l'Herclain entièrement couverte par le
limon. Près du ravin il y a eu des exploitations de
craie et de sable, le sable se tenait au-dessus de la
marne dans les mêmes trous. Les puits pénètrent dans
les marnes à une profondeur de 36 mètres près du
ruisseau (coté 121) et 50 m. sur la place. On trouve
cependant sur la hauteur des puits qui n'ont que
7 mètres et vont chercher l'eau au-dessus du niveau
d'argile prolongement de celle d'Honnechy. Près de
l'église les fondations d'une cave ont rencontré cet
argile sur une épaisseur de 3 mètres, on l'a trouvée
aussi sur la hauteur du côté de Saint-Souplet.

SAINT-BENIN. Commune de 439 hectares, traversée par la Selle et le ruisseau des Essarts. Les
rives droites de ces vallées sont escarpées et montrent
la craie à Micraster Leskeï ; les rives gauches sont en
pentes plus douces et entièrement couvertes par le
limon. La craie est surmontée par le conglomérat qui
renferme de petites veines de sable argileux jaunâtre.
A l'extrémité S. E. du territoire on trouve probablement du sable et de l'argile comme à St-Souplet.

Les puits du village ont environ 40 mètres, ils vont puiser l'eau jusque dans les marnes grises, un peu plus bas que le fond de la vallée de la Selle.

SAINT-SOUPLET. Gros village ayant un territoire de 948 hectares, presque entièrement situé sur la rive gauche de la Selle. Le fond de la vallée est formé par les marnes grises ; la craie à silex est visible sur les escarpements de la rive droite de la Selle et sur la rive gauche du ravin qui passe au S. du village. Partout ailleurs elle est couverte par le limon. Sur les hauteurs on rencontre le conglomérat à silex épais de 0,40 c. à 1 m. sous le village de St-Souplet, on trouve du tuffeau cohérent jaunâtre à l'extrémité N. O. du territoire sur le chemin de Reumont, il y a une sablière ouverte dans du sable jaune empâtant à la base de nombreux silex ; c'est le passage du tuffeau au conglomérat. Un peu plus loin au croisé des chemins, on trouve de l'argile grise ou violacée également un peu sableuse appartenant au terrain tertiaire. A St-Souplet près de l'église les puits ont 33 mètres ; ils ont 30 mètres dans le bas de la Hâie Mèneresse et comme les précédents vont jusque dans les marais. Dans le haut de ce hameau ils n'ont que 6 à 7 mètres et s'arrêtent dans le tuffeau sableux, il en est de même de ceux du hameau de la Rochelle, près d'Escaufourt.

TROISVILLES. Commune de 824 hectares, traversée par l'Herclain dont la vallée n'a pas plus de 12 à 15 mètres de profondeur. La craie à Micraster cor testudinarium se voit sur la rive droite du ravin dans tous les points où la terre végétale a été entamée

sur une profondeur de 1 mètre, à l'entrée des
chemins par exemple. On le voit aussi dans le fond
à l'O. du bois Maronnier. Les puits vont jusque dans
les marnes grises. Ils ont environ 15 mètres près du
ravin, sur les hauteurs comme à Fayt et à la Solière,
ils ont de 22 à 23 mètres. Au moulin Merval le puits a
27 mètres. Au bois Maronnier, la craie est surmontée
d'argile renfermant quelques galets et quelques gros
silex. C'est un rudiment de conglomérat et le seul
indice de terrain tertiaire que j'ai vu sur le territoire
de Troisvilles.

ESCAUFOURT. Quoique ce village fasse partie
du département de l'Aisne, j'en ajoute ici la description
parce qu'il est une enclave du département du Nord et
que la connaissance de sa structure géologique peut
aider à connaître celle des environs. Les puits du bas
du village descendent à 40 mètres dans les marnes,
ceux du haut du village s'arrêtent à une profondeur de
6 à 7 mètres sur un petit banc d'argile grise que l'on
voit affleurer sur la place du village.

—>—*—<—

Cambrai. — Imp. de Simon.

22 Janvier 11

DESCRIPTION GÉOLOGIQUE

DE L'ARRONDISSEMENT DE CAMBRAI.

—

DEUXIÈME PARTIE.

—

DESCRIPTION GÉNÉRALE DES TERRAINS.

——⚫——

Sous le rapport géologique on peut considérer le Cambresis comme essentiellement formé par une pierre blanche nommée craie. C'est du carbonate de chaux dont les grains sont agglutinés, mais assez peu adhérents les uns aux autres pour se séparer par le frottement et pour tacher les doigts. Dans certains points, on trouve, au-dessus de la craie, des dépôts plus récents, principalement sableux. La craie a une épaisseur considérable; le puits creusé à Crèvecœur, chez M. Frémicourt, l'a traversée pendant 100 mètres. Elle repose sur des roches plus anciennes, beaucoup plus dures : marbres, grés, ardoises, qui sont le prolongement souterrain des montagnes de l'Ardennes.

On trouve donc dans le Cambresis les trois grandes
catégories de terrain admises par les géologues : terrains
primaires ou de premier âge, terrains secondaires ou
de second âge, terrains tertiaires ou de troisième âge.

TEMPS PALÉONTONIQUES.

—

AGE PRIMAIRE.

Les terrains primaires, si developpés dans les arron-
dissements d'Avesnes et de Rocroy, ne se voient pas
dans l'arrondissement de Cambrai ; ils y sont partout
recouverts par la craie. Je m'abstiendrais d'en parler
s'ils ne renfermaient pas la houille et les ardoises, ces
deux substances dont la découverte a créé tant de for-
tunes, mais dont la recherche inintelligente a causé tant
de pertes. Peut-on les trouver dans le Cambresis? Voilà
la question que je vais essayer de résoudre.

Pour bien se rendre compte de la disposition des
terrains primaires dans la craie du Cambresis, il faut
d'abord connaître leur manière d'être dans les points
où ils affleurent, c'est-à-dire en Belgique et dans l'arrondissement d'Avesnes. Dans ces contrées, les terrains
primaires ne sont pas en couches horizontales ; leurs
bancs sont au contraire plus ou moins inclinés, quel-

quefois même perpendiculaires; c'est que des mouvements violents, des tremblements de terre épouvan-
tables ont bouleversé le pays, et le sol a été comme
pressé du Nord au Sud. Il s'est alors formé tantôt de
nombreux plis dirigés de l'Est à l'Ouest, tantôt des
fentes ou failles qui ont amené au contact des roches
d'âges différents, un des côtés de la fente s'étant
exhaussé, tandis que l'autre s'est abaissé.

Le Nord de la France a subi deux grands mouvements
de dislocation. Le premier a eu lieu à la fin de la période
silurienne; le second à la fin de la période carbonifère.
Un des effets de cette seconde dislocation est une faille,
dont on peut constater l'existence depuis Liège jusque
près de Mons, et qui doit se prolonger plus loin vers
l'Ouest. Je l'ai déjà désignée, et continuerai à là désigner sous le nom de *grande faille.* Elle a en effet une
importance considérable, car elle limite au Sud le grand
bassin houiller franco-belge.

Dans le grand massif de terrains primaires dont il est
question, le terrain silurien, celui qui fournit généralement les ardoises, forme trois bandes dirigées de l'Est
à l'Ouest.

La bande la plus septentrionale se voit au Sud de
Bruxelles; elle va probablement passer sous Courtrai,
et des sondages l'ont signalée à Menin, ainsi qu'au
Nord de Boulogne-sur-Mer.

La seconde bande est très-étroite; en Belgique, au
Sud de Namur, elle a à peine 3 ou 400 mètres. Elle
passe au Sud de Charleroi et de Mons, formant la limite

méridionale de la grande faille. Je ne sache pas qu'elle ait été rencontrée par des sondages plus loin vers l'Ouest, ou si on l'a trouvée on l'a confondue avec le terrain dévonien.

La troisième bande silurienne, la plus considérable des trois, la seule qui fournisse des ardoises, constitue un massif considérable au Nord du département des Ardennes, et s'étend jusque dans l'Aisne, aux environs d'Hirson. C'est un plateau très-peu fertile élevé, à Fumay, de 490 mètres au-dessus du niveau de la mer, et allant en s'abaissant vers l'Ouest. A Hirson, il n'a plus que 220 mètres, et au-delà, il est recouvert par des dépôts plus récents. Si cette bande silurienne se prolonge régulièrement dans sa direction primitive, elle doit aller passer sous Guise et Saint-Quentin.

Ainsi l'arrondissement de Cambrai se trouvant situé entre les prolongements probables de la seconde et de la troisième bande, on ne peut espérer y rencontrer d'ardoises.

L'intervalle laissé entre ces deux bandes siluriennes est occupé par les terrains dévonien et carbonifère. J'insisterai peu sur ces deux terrains. Ceux qui désireraient en faire une étude moins incomplète, en trouveront une description dans le mémoire que j'ai publié en 1860 *sur les terrains primaires de la Belgique, les environs d'Avesnes et du Boulonnais*. Je me bornerai à exposer ici quelques points dont nous aurons besoin pour les études subséquentes.

Le terrain dévonien inférieur offre, au contact sud de

la seconde bande de terrain silurien , une série épaisse
d'environ 2,000 mètres composée de schistes, de grès
et de Poudingue colorés en rouge par de l'oxide de fer.
Ces roches que l'on a réunies sous le nom commun de
Poudingue de Burnot se suivent depuis Liège jusque
près de Quiévrain , où elles donnent naissance dans le
bois d'Angre à un rocher pittoresque connu sous le nom
de *Caillou qui bic* ou *Château du Diable.* Elles continuent de se prolonger à l'O. sous le terrain de craie ;
on les a retrouvées à Valenciennes, à Houdain et à
Pernes dans le Pas-de-Calais. Cet étage a une grande
importance industrielle, car si par sa couleur et ses
autres caractères minéralogiques il se laisse assez facilement reconnaître, d'autre part à cause de son épaisseur,
et par suite , à cause de la largeur de la bande qu'il
constitue , il est plus fréquemment atteint par les sondages que l'étroite zône de terrain silurien sur laquelle
il repose. Or, il coudoie de très près la grande faille ;
on peut donc le considérer avec elle comme la limite
méridionale du grand bassin houiller franco-belge. Si
donc on vient à rencontrer ces roches rouges par des
sondages , on peut être assuré de trouver ce terrain
houiller à quelques kilomètres plus au Nord.

Je ne sache pas que le cas se soit jamais présenté pour
le Cambresis ; cependant le poudingue de Burnot doit
y exister souterrainement, et je pense qu'on le trouverait vers Iwuy et Hordain. On sait, du reste, d'une
manière positive, que le grand bassin houiller passe
au N. de notre arrondissement. Sa limite méridionale
traverse la frontière au S. de Quiévrain avec une

direction de l'E. à l'O., passe à Saint-Saulve , puis elle
se dirige vers le S. par suite d'une faille parallèle à la
vallée de l'Escaut de Thiant à Valenciennes. Elle re-
prend de nouveau sa direction de l'E. à l'O., passe à
Douchy, Azincourt, Douai , Lens , Houdain , Auchy et
Enquin. A partir de ce dernier village on a perdu le
terrain houiller, on ne le revoit plus que dans le Boulonnais, près de Marquise.

Peut-on trouver du charbon en dehors du grand
bassin houiller ? Des savants dont l'autorité est d'un
grand poids dans cette circonstance l'ont pensé. Les
uns ont espéré en découvrir au N., et d'autres en
cherchent au S. J'ai discuté ces diverses opinions dans
plusieurs écrits et particulièrement dans un mémoire
inséré dans les publications de la société impériale des
sciences et arts de Lille; je me bornerai à indiquer ici
les conclusions auxquelles je suis arrivé :

1° On ne peut pas trouver de houille au N. du grand
bassin.

2° Une portion du grand bassin houiller n'a pas été
enlevée par les courants diluviens pour être reportée
plus au S.

3° En admettant, comme c'est mon opinion , que la
régularité la plus complète règne dans le bassin houiller
du Nord de la France , peut-on cependant trouver du
charbon dans l'arrondissement de Cambrai ? L'étude
des terrains primaires du Condros et du Hainaut, nous
montre qu'il n'y a rien d'impossible dans cette hypothèse. Dans ces régions, on trouve quelques petits bas-

sins houillers complètement isolés du grand bassin, ce sont ceux d'Anhée, près de Dinant; de Modave, au S. d'Huy; de Florennes et de Berlaimont, dans l'arrondissement d'Avesnes. Mais ces dépôts houillers sont toujours très limités, et s'il en existait quelqu'un dans le Cambresis, je doute que le charbon qu'on en tirerait puisse jamais couvrir les frais d'exploitation.

Après le dépôt du terrain houiller, une dislocation considérable a bouleversé le sol de la Belgique et du département du Nord. Les couches ont été plissées, contournées, redressées. C'est alors que se sont produits la grande faille que je signalais en débutant et d'autres failles secondaires, telles que celle de Thiant à Valenciennes, dont il a été aussi question. La mer s'était retirée, et notre pays faisait partie d'un vaste continent qui occupait le Nord de l'Europe.

La surface du continent avait été corrodée par les eaux, rabotée, ravinée, surtout dans les points où la roche plus tendre, schisteuse par exemple, avait pu être entamée plus facilement. Il s'était produit des montagnes et des vallées. M. Delanoue a déjà cité (*Bull. Soc. Géol.* 2ᵉ XVI, p. 120, 1858) une profonde vallée d'érosion creusée dans le terrain houiller entre Condé et Haine Saint-Pierre, près de Mons.

AGE SECONDAIRE.

—

PÉRIODE CRÉTACÉE.

Les terrains triasique et jurassique n'ont pas encore été rencontrés dans l'arrondissement de Cambrai. Le dernier, cependant, ne doit pas être éloigné; car au milieu de la période jurassique, Cambrai et Arras étaient sur le rivage septentrional d'une mer qui battait de ses flots les points où sont maintenant situés Hirson, Bapaume et Boulogne-sur-Mer.

La mer, qui vers la fin de la période jurassique, s'était de plus en plus éloignée de nos contrées, y revint vers le milieu de la période crétacée. La plus grande partie des dépôts qui se formèrent alors sont des calcaires blancs, tendres, quèlquefois colorés par de petits grains verts, que l'on nomme glauconie. Cependant, on y trouve du sable et de l'argile, surtout à la partie inférieure. M. Hébert, professeur à la faculté des sciences de Paris, établit dans le terrain crétacé les divisions suivantes :

Terrain crétacé supérieur.	Craie supérieure.	Craie à Belemnitella mucronata. Craie marneuse à Spondylus spinosus. Craie glauconieuse.
	Craie pr^t. dite.	
Terrain crétacé inférieur.	Gault. Néocomien.	

ÉPOQUE DU GAULT.

—

DÉPOT DE L'ÉTAGE DU GAULT.

L'Etage Néocomien n'existe pas dans le Cambresis. Des travaux récents ont montré cependant, qu'il se trouvait dans le voisinage; ainsi M. Gaudry l'a indiqué entre Calais et Boulogne; et M. Piette vient de le retrouver près d'Hirson. La mer où se formait la partie supérieure de cet étage avait probablement les mêmes rivages que la mer jurassique moyenne. Le continent franco-belge s'abaissant d'une manière constante et graduelle, les flots recouvrirent bientôt, non-seulement l'arrondissement de Cambrai et de Valenciennes, mais une partie de celui d'Avesnes et les environs de Mons. En dehors de cette mer on voyait de petits lacs ou s'accumulait du sable, de l'argile, des minerais de fer, des débris de végétaux qui se sont transformés en lignites. Des dépôts de même nature se formaient dans la mer et y donnaient naissance à la série de couches que les géologues ont désigné sous le nom de *Gault*. Cet étage mérite par son importance une étude toute spéciale.

Dans les points où il est bien caractérisé, comme en Champagne, le Gault se compose de trois assises qui sont de haut en bas :

   1° Argile ou conglomérat à Ammonites inflatus ;

2º Sables ferrugineux sans fossiles ;

3º Argile sableuse et grès à Ammonites mammillaris. `

Dans les départements des Ardennes et de l'Aisne, le Gault se simplifie de plus en plus. Dans le Nord, on ne trouve guère que les deux premières assises, encore sont-elles assez peu nettement limitées.

Le point du département où le Gault peut s'étudier d'une manière plus complète, est Wignehies, dans l'arrondissement d'Avesnes, sur la limite du département de l'Aisne. La montée qui se trouve au N. de l'Eglise, à la composition suivante de haut en bas :

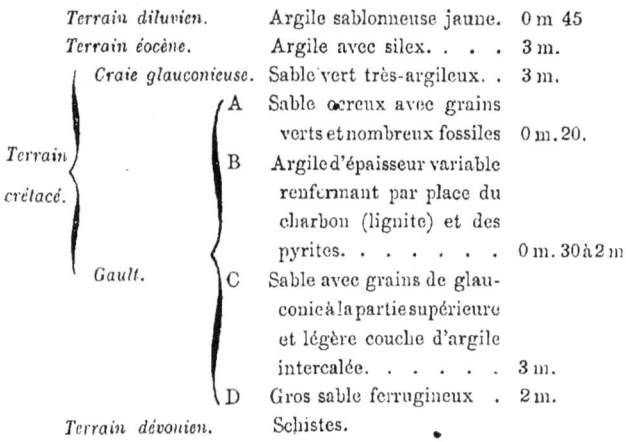

Terrain diluvien.		Argile sablonneuse jaune.	0 m 45
Terrain éocène.		Argile avec silex. . . .	3 m.
	Craie glauconieuse.	Sable vert très-argileux. .	3 m.
Terrain crétacé.		A Sable ocreux avec grains verts et nombreux fossiles	0 m. 20.
		B Argile d'épaisseur variable renfermant par place du charbon (lignite) et des pyrites.	0 m. 30 à 2 m.
	Gault.	C Sable avec grains de glauconie à la partie supérieure et légère couche d'argile intercalée.	3 m.
		D Gros sable ferrugineux .	2 m.
Terrain dévonien.		Schistes.	

Les fossiles que l'on trouve dans la couche A sont les suivants :

> *Serpula filiiformis.*
> —   *quinquangulata.*
> —   *antiquata.*
> *Acteon n. sp.*

Natica Dupinii.
Solarium moniliferum.
Turritella Vibrayana.
Dentalium n. sp.
Nucula pectinata.

L'abondance des Gasteropodes, l'absence des Ammonites prouvent que l'on est sur un rivage.

Le sable de la couche D est en grains, gros comme du millet. Il est très développé dans les communes de Wignehies, Fourmies, Féron, Glageon et Trélon. Le minerai de fer le pénètre de toutes parts, et forme dans les parties inférieures des concrétions souvent géodiques qui sont exploitées pour les haut fourneaux de la contrée. Aussi l'eau qui traverse ce sable se charge de principes ferrugineux. La fontaine de Féron, par exemple, revet d'une couche creuse tout ce qui l'entoure.

Le sable à gros grains passe insensiblement à sa partie supérieure à un sable de plus en plus fin, souvent très-blanc, qui est alors recherché pour les verreries. On remarque que le sable blanc est toujours accompagné de veines d'argile noire et souvent de lignites pyriteux. Il semble que les bancs argileux ont préservé le sable d'infiltrations ferrugineuses venues d'en haut; car lorsqu'il n'y a pas d'argile ou dans les bancs supérieurs à l'argile, le sable est généralement jaune. On trouve parfois du minerai de fer à la base de ces sables fins et sans interposition de gros sable Au hameau de la haie Trélon, une sablière montre une vingtaine de mètres de sable fin, coloré par places et non par lits en blanc, violet ou jaunâtre. Au fond, il y a de l'argile plastique grise accompagnée d'argile très-noire ligniteuse et pyritifère. Le minerai de fer exploité à 100 m. au S. de la sablière est dans cette argile.

A la ferme du Défriché, commune de Sains, on trouve la même association de sable à gros grains, de sable blanc et d'argile charbonneuse. Le lignite y est très abondant; on l'exploite sous le nom de cendres pour l'agriculture.

Plus au N. on retrouve le terrain qui nous occupe aux environs de Solre-le-Château, sur les territoires de Sars-Poteries et de Dimont. Les principales exploitations sont celles des champs d'Offy. Elles sont importantes, parce qu'on y trouve du sable pour les verreries, de l'argile réfractaire pour poteries et des cendres pyriteuses. La figure I montrera la disposition de ces couches.

En s'avançant vers Maubeuge, on rencontre encore d'autres exploitations d'argile réfractaire. On doit également rapporter au Gault la plupart des minerais de fer que l'on exploite dans l'arrondissement d'Avesnes; ils sont généralement accompagnés de sable et d'argile tantôt grise, tantôt blanche ou rose, comme au bois du Tilleul, près de Maubeuge.

Le Gault se montre avec les mêmes caractères, aux environs de Mons. La mer où il se déposait, formait dans le pays de Mons un golfe qui communiquait par l'O. avec l'Océan, par une ouverture située entre Peruweltz et Angre, et s'étendait à l'E. jusqu'au delà de Binche. M. Horion a publié sur ce terrain une notice très-intéressante que l'on trouvera dans le bulletin de la société géologique de France (1)

Le Gault de Mons est constitué par trois roches bien distinctes qui sont de haut en bas :

        1° La Meule de Bracquegnies ;
        2° Les Argiles à lignites ;
        3° Les Sables dits torrents.

1° La Meule de Bracquegnies est bien remarquable par sa nature siliceuse ; c'est un sable avec grains de glauconie, impregné de silice. Les fossiles y sont trans-formés en agate. Il ne faut pas la confondre avec d'autres roches des environs de Mons, qui ont reçu le même nom, mais qui sont d'âge plus récent. Les fossiles qu'elle renferme sont :

        Avellana incrassata.
        Cerithium Lallierianum.
        Turritella Rauliniana.
        Dentalium-decussatum.
        Cardium Hillanum.
        Cardita tenuicosta.
        Astarte sabaudiana.
        Ostrea conica varr[te] *minor.*

2° Argiles à lignites. Elles présentent les mêmes caractères que dans les environs d'Avesnes, et elles sont également exploitées pour faire des poteries.

3° Sable du torrent (Aachénien de Dumont). Ces sables n'affleurent nulle part que je sache, mais on les

(1) T. XVI, p. 635, 1859.

trouve en creusant des puits de mine. Leur épaisseur est souvent très-considérable (65 mètres, près de l'église d'Hautage) et par l'abondance de l'eau qu'ils renferment, ils ont été pendant longtemps un obstacle invincible à l'exploitation complète du riche bassin houiller de Mons; de là le nom de torrent que les mineurs leur ont donné.

Ce n'est pas seulement dans les environs de Mons que les sables du Gault forment un réservoir d'eau considérable, j'ai déjà cité la fontaine ferrugineuse qui en sort près de Féron. Dans beaucoup de points de l'arrondissement d'Avesnes, l'exploitation du minerai de fer est gênée par cette couche aquifère, à Rousies, par exemple, près de Maubeuge, et aux Trics de Villers, près de Fourmies. Il y a quelques années, dans une courte notice adressée au conseil de salubrité du département du Nord (1), j'ai engagé les habitants de cette dernière localité à puiser dans leurs mines de fer l'eau dont ils avaient tant besoin pour leur industrie et pour leur alimentation. Ce sont ces sables aquifères que l'on atteint à Paris dans les sondages de Grenelle et de Passy, ainsi qu'à Bonavis près Cambrai.

Le Gault s'étend en effet sous la craie du nord de la France, et par conséquent sous l'arrondissement de Cambrai. Il existe, dans la collection de la Sorbonne, des fossiles de cet étage qui ont été trouvés en creusant une fosse de charbon à Cantin, près de Douai. Des

(1) Rapport sur les travaux du conseil central de salubrité du département du Nord, pendant l'année 1857, t. XVI, p. 95 et suiv.

argiles et des lignites sont signalés à la base du terrain
crétacé (terrains morts des mineurs) dans plusieurs localités. Ce qui peut surprendre au premier abord, c'est
de ne pas rencontrer cet étage dans tous les sondages :
à la fosse Gayant, près de Douai, à Saint-Saulve, près de
Valenciennes, et dans une grande partie des environs
d'Avesnes, le terrain crétacé supérieur recouvre immédiatement les terrains primaires.

Pour trouver l'explication de cette anomalie, nous
n'avons qu'à observer combien la surface du Gault a été
ravinée avant le dépôt du terrain crétacé supérieur. La
Meule qui constitue, à Bracquignies, la partie la plus
élevée de l'étage, n'existe que dans un très-petit nombre de points ; il en est de même des sables fossilifères
de Wignehies pour l'arrondissement d'Avesnes. Dans
d'autres localités, ce n'est pas seulement cette couche
supérieure qui a été enlevée, mais tout l'étage du Gault.
Ajoutons enfin que ce terrain s'est déposé sur un sol
inégal ou il y avait des collines et des vallées. Les dépressions se sont remplies tandis que les hauteurs qui
constituaient de petites îles dans la mer du Gault, n'ont
jamais été recouvertes par les sédiments.

Dans les forages de Crèvecœur et de Bonavis, on a
trouvé au-dessus des terrains primaires, des sables verts
surmontés d'argile verte ou noire avec quelques bancs
de grès vert. Le sondage de Bonavis indique un calcaire
vert ; je crois qu'il y a erreur de détermination et que
c'est un grès peut-être calcarifère. Je rapporte au Gault
ces diverses roches dont l'épaisseur varie de 10 à 12
mètres.

Il reste toujours à expliquer comment à Crèvecœur on n'a pas obtenu d'eau, tandis qu'à Bonavis où on n'en cherchait pas, on en a eu en si grande abondance. Les deux coupes sont si semblables que je ne vois aucune raison plausible d'être arrivé à deux résultats si discordants et si peu en harmonie avec les intentions de ceux qui faisaient exécuter ces travaux.

Le Gault se serait aussi montré dans le forage de l'usine Brabant, à Cambrai, sous forme d'une argile noire plus ou moins mêlée de schiste ; là il n'y a pas de sable et on n'a pas obtenu d'eau. Les argiles ont été traversées sur une épaisseur de 16 mètres 50.

C'est probablement aussi du Gault que viennent les eaux sulfureuses que l'on a obtenu à la sucrerie de Solesmes. Elles traversaient probablement des cendres pyriteuses comme celles de Sars-Poteriés.

ÉPOQUE DE LA CRAIE GLAUCONIEUSE

OU DU PECTEN ASPER.

—

DÉPOT DE L'ÉTAGE DE LA CRAIE GLAUCONIEUSE.

Craie chloritée, craie tuffeau de M. d'Archiac, hervien et partie du nervien de M. Meugy.

L'importance de la craie glauconieuse est assez considérable au point de vue du creusement des mines de

houille et des puits artésiens, parce que formant la base
de la craie, elle indique l'approche du torrent, et quand
celui-ci n'existe pas, la fin des *terrains morts*. Aux environs de Cambrai, elle est entièrement masquée par
des dépôts plus récents. Je ferai donc comme je l'ai fait
pour le Gault : je décrirai cet étage dans les points où on
peut l'observer à la surface du sol ; j'indiquerai ensuite
ce que les sondages nous en ont appris pour la partie
souterraine.

A Wignehies, le Gault est surmonté d'un sable vert
argileux que l'on retrouve dans un grand nombre
d'autres points de l'arrondissement d'Avesnes : dans
les communes de Féron, Etrœungt, Rainsart, Avesnes,
Cartignies, Fayt, Marbaix, Sassegnies. Les fossiles les
plus abondants sont :

> *Pecten asper,*
> *Ostrea conica,*
> *Ostrea vesiculosa.*

Les autres espèces que j'y ai rencontrées sont :

> *Serpula gordialis,*
> *Pecten serratus,*
> *Ostrea pectinata,*
> *Ostrea carinata.*

Cette assise des sables verts a une épaisseur d'une
douzaine de mètres ; elle est surmontée de 12 à 17 mètres (12 à Fayt ; 17 à Landrecies, hameau du Sam-
breton) d'argile plastique bleue renfermant des rognons
de pyrite, mais complètement dépourvue de fossiles.
On peut parfaitement s'assurer de la superposition de

cette assise sur la précédente, sur le chemin de Grand-Fayt à Taisnières. (Voir la fig. 2). L'argile bleue forme le fond des ruisseaux qui, sortant du bois de Beaurepaire et de la forêt du Nouvion, donnent naissance à la Sambre et au Noirieux ; c'est elle aussi qui constitue le fond de la vallée de la Sambre, sur les territoires d'Ors et de Catillon.

M. Meugy sépare l'argile bleue du sable vert, il range le dernier dans son *système Hervien* et le premier dans le *système Nervien*. Je préfère l'opinion de M. d'Archiac qui les réunit dans un même étage sous le nom de *craie tuffeau*.

A Sassegnies, sur les bords de la Sambre, la structure de l'étage est un peu variable. On y voit sous l'argile de la marne verte formée de grains verts de glauconie disséminés dans une marne grise. Ces grains verts sont en plus petite quantité à la base et la marne y a un aspect grisâtre ; mais ils dominent à la partie supérieure et impriment leur couleur à la roche. Cependant dans quelques points de la partie supérieure, la couleur grise redevient prédominante sur 0 m. 10 d'épaisseur (voir la fig. 3). Les principaux fossiles sont :

Pecten quinquecostatus. . . *ab*
Pecten asper. . . . . . . *r*
Ostrea conica . . . . *r*
— *vesiculosa* . . . . . *t. ab*
— *diluviana* . . . . . *ab*
— *pectinata*. . . . . . *r*

Sous cette marne grise **ou** verte on trouve un poudingue formé de petits cailloux de silex jaunes empâtés dans une masse grise argilo-calcaire. Les fossiles y sont nombreux. Ce sont :

Serpula amphisbœna. . . . . *r*
(1) *Nautilus elegans*
    — *subradiatus*
Ammonites Rennevieri
    — *laticlavius*
Pleurotoma Mailleana
    — *perspectiva*
Cyprina quadrata
Cyprina ligeriensis
Pecten elongatus
Pecten asper. . . . . *t. ab*
    — *serratus* . . . . . . *c*
    — *quinquecostatus.* . . . *r*
    — *orbicularis* . . . . . *r*
    — *striato-costatus.* . . . *r*
Spondylus striatus. . . . . . *c*
Ostrea conica . . . . *ab*
    — *vesiculosa* . . . . . *c*
    — *diluviana.* . . . . . *c*

Les fossiles des marnes se retrouvent donc dans le poudingue ; le degré de fréquence seul diffèrt un peu. On doit d'après cela réunir ces deux couches dans une même assise correspondant aux sables verts de Fayt et Cartignies.

---

(1) Ce fossile et les huit espèces suivantes sont cités par M. Hébert. (Bull. Soc. Géol. 2ᵉ série, XVI, p. 266.)

M. Meugy (*Recherches sur le terrain crétacé du nord
de la France,* etc., 1855, et *Bulletin de la société géologique,* 2ᵉ série, XIII, p. 881,) pense que les couches
fossilifères de Sassegnies sont inférieures au Gault et
appartiennent au Green sand inférieur(étage Néocomien)
La paléontologie est d'accord avec la stratigraphie pour
repousser une telle assimilation.

Sur les bords de la Sambre, à Boussières et à Maubeuge, la craie glauconieuse se présente avec la même
apparence que la couche supérieure de Sassegnies. C'est
une marne sableuse avec grains de glauconie très-nom-
breux. Elle renferme des concrétions de phosphate de
chaux et des cailloux roulés quelquefois très-gros. Son
épaisseur dans ces points ne dépasse pas 1 ᵐ à 2 ᵐ 50.
On y trouve :

> *Terebratula obesa.*
> *Pecten asper.*
> *Ostrea conica var^{té} minor.*

Sur cette couche verte très dure repose une marne
grise qui renferme :

> *Belemnites verus*

La roche qui constitue la partie inférieure de la craie
glauconieuse, dans les environs de Bavai, est un sable
plus ou moins ferrugineux, renfermant quelquefois des
débris de fossiles en si grande abondance qu'il passe à
un falun (roche formée essentiellement de débris de
coquilles brisées). Dans certains points, ce sable est
agrégé par un ciment calcaire ; dans d'autres cas, à
Houdain, par exemple, c'est un ciment ferrugineux ;

mais partout il est caractérisé par les mêmes fossiles. Lorsque le sable est ainsi agrégé, il porte dans le pays le nom de *pierre des Sarrasins* (1). Une particularité que l'on y remarque à Houdain, c'est la présence de lits irréguliers de minerai de fer oolitique. M. Meugy regarde ce minerai oolitique comme de l'âge de ceux de Grandpré qui, de l'avis de tous les géologues, appartiennent à l'étage néocomien. Mais les minerais de Bavai sont nettement caractérisés par leurs fossiles et doivent être rapportés sans aucun doute à l'étage de la craie glauconieuse. Les principaux fossiles trouvés dans le sarrasin sont :

Pecten quinquecostatus. . .	*ab*
— *subacutus.*	*r*
Ostrea conica var^té *minor* .	*r*
— *carinata*	*t. ab*
— *haliotidea.*	*ab*
Rhynchonella compressa . .	*r*
— *gallina.* . . .	*ab*
— *depressa.* . . .	*t. ab*
Terebratula depressa. . . .	*c*
— *biplicata* . . .	*ab*
— *disparilis* . . .	*r*

(1) Pourquoi ce nom? Peut-être était-elle employée par les Romains pour leurs constructions. On sait que le public a souvent attribué aux Sarrasins les ouvrages des Romains. Ainsi un camp romain, situé à Maquenoise, près des sources de l'Oise, porte le nom de camp des Sarrasins, et la pierre avec laquelle il est construit se nomme aussi pierre des Sarrasins. Elle n'a aucune analogie avec la roche de Bavai qui a reçu la même appellation.

— *Mantelliana.* . . *r*

— *Beaumonti.* . . . *r*

Terebratella Menardi . . . *r*

Sur le prolongement de ces couches, à Montigny-sur-Roc (Belgique), on trouve des bancs solides remplis des mêmes fossiles.

Sur cette assise reposent des marnes grises ou d'un blanc verdâtre, renfermant par place des nodules de pyrite, et dans certaines localités (Bellignies), des bancs solides, irréguliers, formés d'une pâte argilo-calcaire avec des grains verts et de grandes huîtres dont l'espèce n'est pas encore déterminée. Les principaux fossiles qu'on y rencontre sont :

Ptychodus mamillaris . . . *c*

Oxyrhina Mantelli. . . . . *ab*

Otodus appendiculatus . . . *c*

* *Serpula amphisbœna* . . . . *c*

Belemnites verus. . . . . . *t. ab*

* *Pecten asper* (remanié?) . . *r*

Spondylus spinosus. . . . . *c*

— *fimbriatus.* . . . *r*

* *Ostrea diluviana.* . . . . . *t. ab*

— *lateralis* . . . . . . *ab*

Terebratula obesa. . . . . *ab* (1)

(1) Lors de la présentation de ce travail aux congrès des sociétés savantes (1864) j'avais émis l'opinion que cette marne à Belemnites verus des environs de Bavai, devait correspondre aux sables verts de l'arrondissement d'Avesnes. Des observations nouvelles sont venues me montrer que j'étais dans l'erreur.

Je crois utile d'entrer dans quelques détails sur ces diverses couches :

A Houdain, il y a deux carrières de pierre bleue (calcaire dévonien) situées près du ruisseau de chaque côté du chemin d'Equernes. Celle qui est en amont m'a montré la coupe suivante (Fig. IV) :

A	Limon avec cailloux.	1 m.	
B	Minerai de fer oolitique.	0	30
C	Sable assez grossier avec grains de fer ooli-		
	tique et fragments de coquilles très-nom-		
	breux.	1	

Pecten quinquecostatus

Ostrea conica var^{té} minor

 — *carinata*

 — *haliotidea*

Terebratella Menardi

D	Argile rouge presque plastique.	0	05
E	Sable avec minerai de fer oolitique, débris		
	de coquilles et lits argileux assez nom-		
	breux.	0	50
F	Sable marneux grisâtre avec coquilles bri-		
	sées et minerai de fer oolitique. (Cette		
	couche se fond avec la précédente.) . .	0	20

Ostrea carinata. . . . tr. ab.

G. Couche verte : les mêmes éléments que la couche F, plus de la Glauconie en abondance. 0 m. 05.

H. Minerai de fer géodique déposé dans une poche du calcaire dont l'ouverture non visible en ce point était au niveau de la couche F.

L. Sable marneux blanc verdâtre semblable à F.

R' Calcaire dévonien altéré. 1

R. Calcaire dévonien en bancs inclinés vers le N de 4 à 5 degrés.

II Dans la carrière située de l'autre côté du chemin à 5o mètres de la précédente, on trouve

A. Limon avec silex. . . . . 2 m.
M. Grès ferrugineux avec légère couche de
    lignite. 0   30
N. Argile plastique ocreuse. 0   15
O. Sable quartzeux à grains moyens ocreux gris
    blancs ou noirâtres par place 0   40
P. Argile sableuse grisâtre. 0   20
R. Calcaire dévonien.

Les couches sans fossiles diffèrent complètement de celles de la carrière voisine. Quels sont leurs rapports ? C'est ce que va nous indiquer l'étude d'une troisième carrière située dans la même commune, en face de la scierie de marbre du bois Verdiau.

III. On y voit : .

A. Limon avec silex. . . . . 1 m.
B. Minerai oolitique. 1
B. Argile verdâtre. 0   10
H. Argile très ocreuse avec minerai géodique. . 0   10

Dans cette même carrière il y a des trous qui servent à l'extraction du minerai, ils sont creusés dans les fentes du calcaire ou les couches acquièrent une plus grande épaisseur. M. Meugy donne la coupe de ces puits (1).

A. 6° Argile jaune et silex à la partie inférieure. 3 m.   } hors de la fente.
B. 5° Minerai granuliforme. 1   2
    4° Glaise grise. 0   20
C. 3° Couche coquillière avec grains de quartz et
    limonite. 0   15   } dans la fente.
    2° Argile verte fossifère et ferrugineuse. . 1
H. 1° Sable jaune à gros grains avec glaise
    grise et minerai géodique. 3

(1) Mémoires de la Société des Arts et Sciences de Lille, p. 142.

On voit ici intercalé entre le minerai granuliforme, et le minerai géodique une couche fossilifère qui n'existe que dans la fente. Bien que M. Meugy n'en cite pas les fossiles, tout porte à croire que ce sont ceux du Sarrazin. Quant à la couche H qui renferme le minerai géodique elle présente la même composition minéralogique que l'ensemble des couches M, N, O, P de la carrière II; elle montre que ces couches sont inférieures à la craie glauconieuse, et comme elles ont une grande analogie avec les couches qui représentent l'étage du Gault dans les environs d'Avesnes, je n'hésite pas à les rapporter à cet étage.

IV. Une carrière située à Bellignies, derrière le moulin des Carlots, présente le passage du Sarrazin aux Marnes. On y observe de haut en bas :

1° Terre végétale et limon.	0 m.	50
2° Marne blanche verdâtre avec grandes huîtres.	2	
3° Banc solide irrégulier formé d'une pâte argilo-calcaire avec grains verts et grandes huîtres.	0	10
4° Marne analogue à 2°	0	02
5° Banc solide analogue à 3°	0	70
6° Sable grossier ferrugineux et coquiller (Sarrazin)	0	48
7° Même sable renfermant des rognons solides analogues à 3°, mais sans huîtres.	0	50
8° Sable grossier analogue à 6°.	0	40
9° Argile de diverses couleurs	0	70
10° Calcaire dévonien.		

Les autres carrières de Bellignies, celle de Gussegnies, de Betrechies, de Saint-Wast, ne présentent pas de détails intéressants. On y voit la marne grise verdâtre reposer sur le Sarrazin. La surface de séparation de ces deux couches est quelquefois très inégale. Il semble que le Sarrazin a été raviné avant le dépôt des marnes. Dans ce cas, on ne trouve plus les concrétions et les grandes huîtres du moulin des Carlots.

Les fossiles qu'elles m'ont offertes sont :

Coprolites.
Oxyrhina Mantelli.
Serpula amphisbœna.
Belemnites plenus.
Spondylus fimbriatus.
Pecten asper (remanié ?)
Ostrea diluviana.
Rhynchonella compressa var^{té} *A.*

Au N. d'Autreppe (Belgique), le Sarrazin manque, on trouve au-dessus du calcaire dévonien de la marne grise sans fossiles, puis de la marne grise bleuâtre avec nombreux fossiles et rognons pyritifères. Ces deux couches ont ensemble 5 mètres ; elles passent de l'une à l'autre, et leur épaisseur respective est très variable.

Les fossiles receuillis à Autreppe sont :

Coprolites.
Oxyrhina Mantelli.
Otodus appendiculatus.
Ptychodus mamillaris.
Belemnites plenus.
Spondylus spinosus.
Ostrea diluviana.
    —   *lateralis.*
    —   *conica ? Var*^{té} *minor.*
Terebratula obesa.
Rhynchonella compressa Var^{té} *A.*

On voit que si les marnes d'Autreppe renferment quelques fossiles particuliers (*Spondylus spinosus*, *Terebratula obesa*), elles ont trop de fossiles communs avec les marnes de Bellignies pour qu'on puisse les en séparer. Il se pourrait cependant qu'elles fussent un peu supérieures et qu'elles correspondissent en partie à l'argile bleu plastique à rognons pyritifères des bords de la Sambre supérieure.

Dans les environs de Mons, l'étage de la craie glauconieuse se compose de deux assises :

1º A la base marnes vertes sableuses, chargées de glauconie et d'un peu de limonite, les fossiles sont rares ; cependant on y trouve d'après M. Toilliez :

> *Nautilus elegans.*
> *Ammonites rotomagensis.*
> *Pecten asper.*
> *Ostrea columba.*
> *Cardium Hillanum.*

Des parties endurcies de cette roche ont été confondues avec l'assise supérieure du Gault sous le nom de meule ; mais elles sont distinctes parce qu'elles sont calcarifères.

2º Une marne très argileuse grisâtre ou verdâtre. Les mineurs du pays l'appellent Dième. On y trouve :

> *Otodus appendiculatus.* (M. Horion).
> *Ostrea lateralis.* (M. Horion).
> *Terebratula biplicata.* (M. Toilliez).
> — *compressa.* (M. Horion).

Pendant longtemps j'ai pensé que cette assise devait

se placer dans la craie marneuse. Je crois maintenant qu'elle se rapporte plutôt à l'étage de la craie glauconieuse.

A Tournay, on voit de nouveau affleurer la craie glauconieuse, qui là aussi, se compose de deux assises :

1° Un poudingue mêlé d'argile visible à la mine de fer de la porte de Lille correspondant au Sarrazin des environs de Bavay.

2° Une roche calcaire sablonneuse à points verts avec quelques cailloux roulés visible à Cherq et passant à des marnes qui renferment *Belemnites verus, Terebratula obesa.*

Ce sont les marnes d'Autreppe.

ÉTAGE DE LA CRAIE GLAUCONIEUSE. — PORTION SOUTERRAINE.

Dubuisson a donné, en 1805, la coupe que l'on trouvera plus loin de l'ensemble des terrains morts traversés dans les mines d'Anzin. Il cite à la base 2 m. de tourtia, Poudingue à pâte calcaire contenant des grains ou des galets de silex dont la grosseur atteint celle du poing. C'est une roche tout-à-fait analogue au Poudingue de Sassegnies; on y a trouvé l'*Ammonites varians;* au-dessus vient une glaise d'un gris un peu bleuâtre avec cristaux de Pyrite. On la désigne sous les noms de Dief ou Dièves; elle a 17 mètres

Au puits Saint-Martin, creusé récemment à Anzin, on a traversé 2 m. 3o de tourtia et 5 m. 3o de Dièves. (1)

Le forage de Crèvecœur indique à une profondeur de 52 mètres une couche d'argile bleue et verte qui a 25 mètres d'épaisseur. Il est impossible de voir là autre chose que l'assise supérieure de la craie glauconieuse avec le faciès qu'on lui reconnaît aux environs de Landrecies. Dessous on a trouvé 37 mètres de calcaire et de marne plus ou moins siliceuse présentant souvent des points verts et des rognons de pyrite; ces roches ne peuvent appartenir à aucun autre étage que la craie glauconieuse. Elles en sont soit l'assise inférieure soit une partie de l'assise supérieure ; par leurs caractères minéralogiques, elles offrent beaucoup d'analogie avec les dièves des houillères des environs de Douai. L'étage de la craie glauconieuse aurait donc à Crèvecœur 62 mètres de puissance.

Le forage de Bonavis a rencontré l'argile bleue à une profondeur d'environ 47 mètres, et il traverse des couches fort semblables à celles de Crèvecœur sur une épaisseur de 64 mètres.

A Cambrai (forage Brabant) on indique une couche de glaise couleur ardoise ayant une épaisseur de 8o mètres. Il me semble difficile de tout rapporter à l'étage qui nous occupe ; une partie appartient probablement à la craie marneuse.

(1) M. Dormoy, Ann. des Mines, 3ᵉ série XIX, p. 1.

ÉPOQUE DE LA CRAIE MARNEUSE
OU DE L'ANANCHYTES GIBBA.

—

DÉPOT DE L'ÉTAGE DE LA CRAIE MARNEUSE.
(Système nervien et sémonien de M. Meugy.)

Dans le Cambresis on peut diviser cet étage en trois assises qui sont en commençant par la base.

1° Marnes grises à *Terebratulina gracilis*

2° Craie à *Silex Micraster Leskei.*

3° Craie à *Micraster cor lestudinarium.*

La première assise est formée de marnes blanches ou grises qui passent inférieurement d'une manière insensible à l'argile des dièves et supérieurement à l'assise de la craie à Silex; on y trouve parfois des calcaires solides accompagnés de quelques silex et des nodules de limonite provenant de l'altération des pyrites.

La localité où j'ai pu le mieux observer les détails de cette assise est Cysoing, près de Lille; on y trouve sous la terre végétale :

2me assise
- Craie à silex avec Inoceramus labiatus et Micraster Leskei . . . . 1 m. 00 c.
- Craie blanche sans silex. 2

1re assise
- Marne verte avec Terebratulina gracilis, Terebratula semiiglobosa, ostrea flabellula, catillus.   40
- Craie marneuse blanche avec quelques silex Inoceramus labiatus 2
- Marne grise . . . .
- Craie blanche. . . . .
- Argile bleue . . . .

Je n'ai pas pu observer directement les trois dernières couches et je ne les connais que par les indications des ouvriers.

Une carrière ouverte à l'E. de la route de Solesmes au Cateau pour l'exploitation de la chaux, m'a fourni la coupe suivante, peu analogue à celle de Cysoing :

	Débris remaniés	1 m.	c.
2ᵉ assise {	Craie avec silex disposés assez régulièrement.	6	
	Craie sans silex . ¿	1	
1ʳᵉ assise {	Marne verdâtre	0	40
	Craie à silex	1	
	Craie marneuse, compacte, sans silex. . . .	6	

Je n'ai pas vu de fossiles dans ces couches; du reste la composition minéralogique de cette assise est assez variable et généralement c'est la marne qui prédomine. Elle est utilisée pour amender les terres, et les bancs de calcaire qui lui sont subordonnés servent à faire de la chaux.

Les fossiles propres à ces marnes sont :

Ostrea flabellula.
Inoceramus labiatus.
Terebratula semiglobosa ou obesa.
Terebratulina gracilis.

Cette assise forme le sol d'une partie du canton du Cateau et on la retrouve dans le fond des vallées de l'Ecaillon et de la Selle; on peut encore l'observer dans les environs de Cysoing à l'E. de Lille.

On l'exploite dans beaucoup de localités pour amender les terres.

C'est à cette assise qu'appartiennent l'ensemble des

couches désignées à Anzin sous le nom de *Bleue*, *Forte toise*, *Petit banc*, ensemble qui a une épaisseur de 16 mètres d'après Daubuisson et de 10 mètres 60 centimètres d'après M. Dormoy.

Doit-on lui rapporter aussi toutes les couches que l'on rencontre à Crèvecœur au-dessous du silex sur une épaisseur de plus de 30 mètres ? j'en doute beaucoup, je pense que la partie supérieure bien qu'on n'y cite pas de silex doit rentrer dans l'assise suivante.

II. L'assise de craie à silex est formée de couches de craie dure ou tendre présentant parfois quelques bancs marneux et renfermant des rognons de silex pyromaque (pierre à fusil), disposés par lits assez réguliers dans la partie supérieure de l'étage, moins réguliers dans le bas.

Les bancs les plus élevés de cette assise sont grisâtres et ont une texture arénacée.

Elle est caractérisée paléontologiquement par l'abondance d'un oursin, le *Micraster Leskei*. Les autres fossiles que j'y ai trouvés sont :

> *Lima Hoperi.*
> *Pecten Dujardini.*
> *P. membranacens.*
> *Spondylus asper.*
> *Inoceramus labiatus.*
> *Ostrea vesicularis v^{té} minima.*
> *Ostrea flabelliformis.*

C'est l'assise la plus élevée du système nervien de M. Meugy. Elle affleure dans les vallées de la Selle, de l'Ecaillon et de la Rhonelle et dans le haut de la vallée de l'Escaut. On la retrouve au S.-E. dans la vallée du Noirieu et de l'Oise près de Guise. On l'exploite dans beaucoup de points pour faire de la chaux. Les silex sont mis de côté et servent à empierrer les routes.

C'est cette assise que les mineurs d'Anzin désignent sous le nom de Cornus à cause de l'abondance de silex qu'on y trouve. Elle y a d'après Daubuisson une épaisseur de 15 mètres, mais dans le canton de Solesmes elle atteint de 20 à 25 mètres. C'est la première couche crétacée que l'on a rencontrée en creusant le puits de Crèvecœur et on l'a traversée sur une épaisseur de 6 mètres. Comme je l'ai dit plus haut on doit peut-être lui rapporter quelques-unes des couches calcaires que l'on a rencontrées, en dessous bien que l'on n'y ait pas encore signalé de silex.

III. L'assise de la craie à Micraster cor testudinarium (système semonien de M. Meugy) est formée par de la craie blanche tâchante renfermant par place, surtout à la partie inférieure, de nombreux grains verts de Glauconie. On y voit aussi parfois des lits de silex pyromaque semblables à ceux de la craie à Micraster Leskei.

Les fossiles les plus abondants sont :

> *Ostrea vesicularis.*
> *Inoceramus Lamarkii.*
> *Catillus.*
> *Micraster cor testudinarium.*
> *Ananchytes gibba.*
> *Cidaris Merceyi.*
> *Echinoconus conicus.*

à l'exception d'une portion des cantons de Solesmes et du Cateau, cette craie se retrouve dans presque tout le Cambresis. On l'exploite dans une foule d'endroits pour faire de la chaux , quelquefois pour pierre à bâtir (Avesnes-le-Sec, Hordain, Rumilly, etc.) Elle existe à Lezenne près de Lille, à Macquigny et à Origny Ste-Benoîte, dans l'Aisne.

On doit ranger dans cet étage les couches désignées par les mineurs d'Anzin, sous les noms de *Marle, Gris, Verts et Bonne Pierre.*

Pendant le dépôt de la craie glauconieuse et de la craie marneuse, le sol du Cambresis s'était lentement exhaussé et le rivage de la mer, qui au temps de la craie glauconieuse passait par Wignehies , Féron , Avesnes, Maubeuge, Bellignies, dans l'arrondissement d'Avesnes, se rapprochait de plus en plus vers l'O.; lorsque l'assise à Micraster cor testudinarium commença à se déposer, le rivage ne dépassait guère la vallée de la Selle. Tout le Cambresis était émergé avant la fin de la formation de la craie marneuse, et pour trouver les étages de la craie blanche et de la craie supérieure, il faut se rapprocher de Paris, centre du bassin.

AGE TERTIAIRE.

PÉRIODE ÉOCÈNE.

Au commencement de l'âge tertiaire, la mer vint

pour la quatrième fois recouvrir le Cambresis et y apporter de nouveaux sédiments. Les roches qui se sont formées pendant cet âge appartiennent toutes au terrain éocène. On peut les rapporter à quatre types :

1° *Conglomérat* à silex.

2° *Tuffeau.*

3° *Sables blancs.*

4° *Silex* à *Nummulites.*

I. Le *Conglomérat à silex* est formé d'une accumulation considérable de silex de la craie (cornus) empâtés dans une argile verte ou brune, quelquefois dans une marne blanche, ou même dans un sable argileux et glauconifère. Dans quelques cas les silex manquent, et l'argile ou le sable subsistent seuls. On le trouve très développé dans les environs de Landrecies et du Quesnoy. Dans l'arrondissement de Cambrai, il existe presque partout mais il ne présente un peu d'épaisseur que dans les vallées de la Sambre, de la Selle et de l'Ecaillon, en un mot presque partout où l'assise de la craie à Micraster Leskei n'est pas recouverte par l'assise de la craie à Micraster cor testudinarium. (Il faut cependant remarquer que le conglomérat se trouve encore très épais dans plusieurs points à l'O. des limites de la craie à silex, par exemple dans les environs de Landrecies.) — Les silex sont altérés, généralement dépouillés de leur enveloppe blanche et creusés de nombreuses cavités de véritables perforations ; mais ils ne sont pas réduits à l'état de galets. Le Conglomérat à silex recouvre la surface dénudée de la craie en pénétrant dans toutes les cavités ; c'est ce que démontre la coupe (fig. vi) prise entre Poix et Salesches.

II. Le Tuffeau (Turc des mineurs d'Anzin) est un calcaire sableux, peu cohérent, rempli de grains verts de Glauconie. Sur les bords de l'Oise, en face de l'église de Noyal, il est à l'état de sable calcaire gris épais de 2 mètres ; à Romeries, on le voit également sous la forme d'un sable jaune à points verts.

Le Tuffeau couvre une partie de l'arrondissement de Cambrai ; il s'étend à l'E. jusqu'à la vallée de la Sélle ; on le trouve même sur la rive orientale de cette vallée, à Haussy, et entre Solesmes et Amerval. Il recouvre la surface corrodée de la craie. Entre les deux rochers il y a presque toujours une petite couche d'argile (fig. v) verdâtre ou brunâtre qui parfois renferme des silex (fig. ix) et passe au conglomérat. On doit, ce me semble, regarder cette couche d'argile, qu'elle renferme ou non des silex, comme le prolongement du conglomérat.

III. Les Sables (Landenien supérieur de M. Meugy) sont quartzeux, sans mica, souvent un peu colorés en vert par des grains de glauconie, renfermant par place des grès siliceux. Ce sont ces grès qui ont servi à paver toutes les routes du Cambresis. Ils sont très développés dans les environs de Douai, et il y a longtemps qu'ils sont le siége d'une exploitation importante, puisque les Etats de la Province de Flandre s'étaient emparés des exploitations de grès pour en faire le commerce exclusivement. « Il n'y a, ajoute Monnet, que les entre- « preneurs et les maçons qui crient un peu sur cette « régie parce qu'ils sont obligés de payer les grès plus

« cher qu'ils ne le feraient sans cela. On en exporte
« en Hollande et dans les Pays-Bas autrichiens. Douai
« est le centre de ce commerce. Le mille de grès pris au
« rivage de Douai, coute 46 livres 15 sous. »

Les sables et les grès sont nettement superposés soit
au conglomérat à silex, soit au tuffeau ; ils couvrent
toutes les hauteurs au S. et à l'E. du Cambresis dans
les cantons de Clary et de Solesmes ; ils forment encore
le vaste massif sur lequel est située la forêt de Mormale.
M. D'Omalius d'Halloy a émis l'avis que c'est ce massif
sableux de la forêt de Mormale qui fait rebrousser chemin à la Sambre, à la petite et à la grande Helpe, à partir
de Landrecies, et oblige leurs eaux à aller se jeter dans
la Meuse, à Namur, au lieu de se diriger vers l'Escaut,
comme elles y semblaient naturellement destinées. Je ne
partage pas cette opinion. Le sable est peu épais, il se
trouve dans les dépressions de la craie marneuse, et la
surface de celle ci a une altitude de 160 à 170 mètres,
tandis que la vallée de la Sambre est à 130 mètres. C'est
d'ailleurs une vallée de fracture qui s'étend dans la
même direction jusqu'à Liège. Cette vallée correspond,
entre Landrecies et Maubeuge, à l'ancien rivage de la
mer où se déposaient les sables Toute la partie triangu-
laire de l'arrondissement d'Avesnes, située entre la petite Helpe et la Sambre inférieure, formait alors un pro-
montoire qui tenait au continent par la Fagne et l'Ar-
denne. L'époque à la quelle s'est produite cette vallée de
fracture est assez difficile à déterminer, il me paraît
cependant probable qu'elle est postérieure au dépôt des
sables. Avant sa formation, les cours d'eau mentionnés

plus haut au lieu d'aller rejoindre l'Escaut, comme le pensait M. d'Omalius, remontaient la vallée de la Sambre, vers le S.-E. et allaient se réunir au Noirieux et à l'Oise.

Les sables présentent quelques particularités intéressantes; ainsi à la ferme de Préelle, près de Viesly, on exploite, pour faire des pannes, une couche d'argile noire ayant 4 mètres de maximum, renfermant de petits lits de sable. Tout près de là, au même niveau, il y a une sablière présentant au milieu des sables des nodules d'argile : l'argile est donc subordonnée aux sables. Ce n'est pas du reste un fait isolé, on voit la même chose à Beaurain, près de Busigny, et à Englefontaine.

Entre Busigny et la haie Manresse, entre ce hameau et Vaux, on trouve sous les sables qui supportent le bois de Busigny et qui sont exploités près de la ferme de M. Desmoutiers, une épaisse couche d'argile avec bancs noirs ligniteux. Les mêmes argiles se prolongent sous le territoire de Becquigny, et retiennent l'eau des étangs qui sont au N. de ce village. On ne peut pas affirmer d'une manière positive que cette argile appartient bien à l'assise du sable; car si on trouve des sables au dessus, on n'en trouve pas en dessous, et il se pourrait qu'elle représente soit le conglomérat à silex, soit le tuffeau.

A Englefontaine, canton du Quesnoy, on trouve dans les terrains tertiaires une couche d'argile plastique brune ou grise, d'environ 2 mètres, et qui fournit des matériaux à la principale industrie du pays. (Fabrication des pannes et des poteries grossières.) Les deux coupes (fig. VI et vII, prises entre Poix et Englefontaine, montrent bien que cette argile est supérieure au conglomérat et intercalée dans le sable. Enfin, à Beaurain, l'argile exploitée, épaisse de 3 mètres, est intercalée entre deux couches de sable dont la supérieure a près de 1 mètre. A un kilomètre de Beaurain, près d'Ovillers (hameau de Solesmes) le même banc argileux se voit encore au milieu des sables (fig. VIII.)

Jusqu'à présent les sables blancs n'ont pas fourni de fossiles. Cependant M. Meugy en indique sans citer les espèces à Selvigny (canton de Clary.

IV. La quatrième assise tertiaire du Cambresis est complètement indépendante des précédentes. Elle ne se trouve pas en couches continues, et elle n'existe qu'en fragments roulés et arrondis par les eaux à la surface des sables (voir fig. X). Ces fragments sont essentiellement siliceux, mais la couche toute entière était-elle siliceuse? Ou n'y a-t-il de conservé que les parties les plus dures? C'est ce qu'il est difficile de reconnaître. Quoi qu'il en soit, ces fragments renferment de nombreux fossiles dont le plus abondant est la *Nummulites lœvigata*, caractéristique du calcaire grossier ou pierre à bâtir des environs de Paris. Les autres espèces appartiennent aussi à cet étage. M. D'Archiac les a citées dans sa description géologique du département de l'Aisne. C'est en effet dans le N. du département de l'Aisne, et dans les parties voisines du département du Nord, que l'on trouve les silex à Nummulites. On ne les voit dans l'arrondissement de Cambrai qu'à l'extrémité S.-E. sur les territoires de

Maretz, Busigny, et dans l'arrondissement d'Avesnes, sur les territoires de Floyon, La Rouillies, OEtrœungt, Sains, Féron, Glageon, Trélon, Ohain, formant une bande étroite qui s'étend jusqu'à la frontière belge. Mais sur beaucoup de points les silex à Nummulites sont à l'état de petits cailloux très usés. Toutefois entre Glageon, et Féron, j'ai trouvé des blocs très volumineux et très fossilifères. Je croirais volontiers que l'assise à Nummulites lœvigata ne s'est déposée ni à OEtrœungt, ni à Sains, et que les petits cailloux à Nummulites qu'on y rencontre ont été apportés du S. à une époque postérieure.

Le bassin où s'est formé originairement l'assise à Nummulites avait probablement pour limite septentrionale Trélon, Glageon, Féron, La Rouillie (Nord); Papeleux, le Nouvion, Oisy, Wassigny, Vaux (Aisne); Busigny, Maretz (Nord); je ne les ai pas suivis plus loin vers l'E. par le cours de l'Oise en amont de Ribemont.

Quelles sont les relations d'âge de ces diverses assises tertiaires, soit entre elles, soit avec les couches fossilifères et mieux connues des environs de Paris et du département du Nord? Dans son mémoire sur le système tertiaire inférieur du Nord de la France, M. Elie de Beaumont cite les sables et il les rapporte au terrain tertiaire inférieur. Il ne fait pas mention du conglomérat à silex ni du tuffeau ; quant aux fragments roulés à Nummulites, il y voyait des rognons en place dans un sable argilo-sableux et il les rangeait dans le calcaire grossier proprement dit.

M. D'Archiac reconnaît que ces fragments à Nummulites ont été remaniés et qu'ils sont renfermés dans le limon argilo-sableux diluvien. Il distingua aussi le tuffeau, et il le rangea ainsi que les sables qui lui sont superposés dans l'assise la plus inférieure des terrains tertiaires (*Glauconie grossière*). Toutefois il se méprit complètement sur l'âge du conglomérat; il le plaça dans l'alluvion ancienne, et, comme dans beaucoup de points le sable est superposé au conglomérat, le savant auteur de l'histoire des progrès de la Géologie dût forcément séparer ce sable de celui qui recouvre le tuffeau, et le considérer comme subordonné au conglomérat et faisant également partie de l'Alluvion ancienne.

M. Meugy ne fait mention nulle part des silex à Nummulites. Comme M. D'Archiac, il réunit les sables et le tuffeau dans le même système en substituant le mot de *Landenien* à celui de *Glauconie grossière*. Les sables forment son système Landenien supérieur; le tuffeau et probablement aussi le conglomérat, le Landenien inférieur.

Il est évident pour tous ceux qui ont parcouru le pays que les silex à Nummulites sont supérieurs aux sables, et ceux-ci au tuffeau et au conglomérat à silex; on pourra s'en convaincre en examinant les fig. VIII, IX, X.

Les rapports des deux dernières couches présentent plus d'incertitude. Si dans certains points, à Haussy par exemple (fig. IX), le tuffeau repose sur le conglomérat, dans d'autres localités, il n'est séparé de la craie que par une petite couche d'argile (fig V). On remarque de plus que lorsqu'une de ces roches est développée, l'autre est très réduite ; elles semblent donc jusqu'à un certain point se remplacer l'une l'autre. A Basuel on trouve au-dessus des trous à marne une couche argilo-sableuse d'un mètre environ, verte ou rougeâtre et renfermant de nombreux silex; dans certaines parties ceux-ci disparaissent et il ne reste qu'une sorte de tuffeau meuble. Le conglomérat et le tuffeau sont à peu près limités entre eux par une ligne passant entre les vallées de la Selle et de l'Ecaillon.

L'âge des silex à Nummulites lœvigata est nettement déterminé par la présence de ses fossiles ; ils se rapportent au calcaire grossier Parisien et au système Bruxellien de Belgique et de Cassel. Les sables sont inférieurs à l'étage des lignites du Soissonnais ; c'est ce qu'a déjà constaté, il y a longtemps, M. Elie de Beaumont. Il a fait remarquer qu'à Holnon, près de Saint-Quentin, on voit une sablière exploitée et au-dessus du sable, des argiles avec couches sédimentaires de lignites. On trouve en outre dans les argiles des empreintes mal conservées de Cérites. Le même fait se présente encore à la montagne de Laon du côté du faubourg de Vaux; on y voit les couches suivantes du haut en bas :

1° Calcaire grossier à Nummulites lœvigata ;

2° Sables à Nummulites planulata ;

3° Argiles ligniteuses du Soissonnais ;

4° Sables ;

5° Craie.

Au N. de Laon près de Guise, à la ferme de Lamotte, on trouve encore, superposée au-dessus d'une sablière, une couche d'argile ligniteuse. Au N. du Cambresis, du côté de Lille, les sables sont recouverts par de l'argile plastique renfermant des cristaux de gypse. Cette argile, qui constitue le système yprésien de Dumont, correspond à l'argile à lignites du Soissonnais ; puis au-dessus viennent des sables remplis de Nummulites planulata. On voit très-nettement cette succession à la butte de Mons-en-Pévèle, près de Lille. Le calcaire grossier à Nummulites lœvigata ne se trouve pas à Mons-en-Pévèle; pour le rencontrer, il faut aller jusqu'au mont Cassel.

De ce qui précède on peut conclure : 1° que les sables du Cambresis sont inférieurs à l'argile à lignites du Soissonnais ; 2° que l'argile à lignites et le sable à Nummulites planulata que l'on voit à Laon et à Mons-en-Pévèle manquent dans le Cambresis où les couches à Nummulites lœvigata recouvrent directement le sable. Dans le bassin de Paris on ne connaît qu'une seule assise marine inférieure aux argiles à lignites ; c'est l'assise des *Sables de Bracheux*. Nous devons donc lui rapporter les sables, le tuffeau et le conglomérat à silex. Ces assimilations basées sur la stratigraphie sont d'autant plus faciles à admettre qu'elles sont confirmées par la paléontologie au moins pour le tuffeau. M. Hébert y a trouvé à La Fère (Aisne), près de Saint-Omer (Pas-de-Calais), et en Belgique, la *Pholadomya cuneata* caractéristique des sables de Bracheux. Près de Guise, j'ai rencontré dans la même roche, l'*Ostrea canaliculata* qui se trouve également dans les sables de Bracheux à Laon. S'il n'y a pas de doutes pour rapporter à l'assise des sables de Bracheux, le tuffeau et le conglomérat à silex qui lui est parallèle, on fera peut-être un peu plus de difficultés d'y ranger les sables; ceux-ci, en effet, ne renferment pas de fossiles (1). On pourrait y voir peut-être les sables et grès qui accompagnent l'argile plastique et les lignites dans le Laonais. Mais maintenant que M. Hébert a montré que l'assise des sables du Bracheux est assez compliquée, puisqu'on doit lui rapporter les sables et les calcaires de Rilly; on peut admettre facilement que, dans le Nord, elle est représentée par deux sous-assises différentes : la sous-assise inférieure comprenant le conglomérat et le tuffeau, la sous-assise supérieure comprenant les sables.

Si on cherche à se rendre compte de l'état du Cambresis pendant la période tertiaire, on voit qu'il fut envahi par la mer au commencement de cette période. Cette mer était bornée à l'E. par une falaise de craie à silex qui s'étendait du Cateau à Vendegies-sur-Ecaillon. La falaise sans cesse rongée par les flots reculait de plus en plus vers l'E.; les silex tombaient au pied ; ils étaient corrodés et perforés par les eaux et les mollusques et ensevelis dans une vase argileuse. La craie délayée par l'eau, allait plus loin dans l'Océan former avec du sable et de la glauconie, la roche mommée le Tuffeau. Lorsque les falaises crétacées eurent été rongées, les dépôts furent essentiellement sableux ; puis la mer se retira et le Cambresis forma une sorte d'île entre deux lagunes où se déposaient des argiles charbonneuses dans la lagune du Sud, plus pures dans celle du Nord. Plus

---

(1) M. Meugy indique cependant des fossiles dans le sable de Selvigny, mais il ne cite pas les espèces.

tard lorsque ces lagunes redevinrent des fonds de mer, le Cambresis resta encore quelque temps émergé. Au milieu de la période éocène la mer y rentra par le Sud, mais elle ne couvrit qu'une très-petite partie de l'arrondissement, et après avoir déposé la couche à Nummulites lœvigata, elle s'en éloigna pour n'y plus revenir.

TEMPS CONTEMPORAINS.

PÉRIODE DILUVIENNE.

Le terrain Diluvien dans le Cambresis se compose de trois assises : l'inférieure ou Diluvium, la moyenne ou Loess, la supérieure ou Terre végétale.

Le Diluvium est formé d'un amas de cailloux roulés de galets et de sable grossier ; il est rare dans le Cambresis ; on ne le trouve que dans la vallée de l'Escaut.

Le Loess ou Limon est beaucoup plus commun, c'est une argile sablonneuse d'un jaune pâle, quelquefois panachée; elle est peu fertile, mais on la mélange avec la terre végétale pour faire des briques.

La partie inférieure est plus argileuse, et on trouve souvent dans la partie moyenne des sables boulants.

M. Meugy place dans le Loess (c'est son 1er dépôt argileux), les grès que l'on exploite sur les bords de la

Sélle, à Haüssy, Saint-Martin, etc. Sans doute ces grès sont souvent renfermés dans le Loess; mais ils n'en sont pas contemporains, et sur ce point je crois M. Meugy d'accord avec moi; ils appartiennent aux sables du terrain éocène dans lesquels on retrouve souvent des grès de même nature, et ils ont été brisés et remaniés sur place postérieurement; la preuve est qu'ils se présentent souvent en fragments anguleux. Les dénudations sont également rendues manifestes par la surface irrégulière du sable (voir la coupe de la sablière du Favril, (fig. xi.) Ajoutons que dans les localités où les silex à Nummulites existent, ils sont emprisonnés dans les mêmes couches sablo-argileuses et situés dans une position tout-à-fait identique à celle des grès des environs de Solesmes. Enfin les grès qui sont à la base du Loess ne diffèrent en aucune manière de ceux que l'on trouve tout près de là dans le sable (fig. viii et ix).

La Terre végétale proprement dite (Limon ou Argile à briques de M. Meugy) recouvre comme d'un manteau tous les autres terrains. Elle forme une assise distincte du Loess, bien qu'elle y passe souvent par des degrés insensibles ; mais généralement on trouve à la base, au contact du Loess, des fragments de petits silex brisés. Lorsque la Terre végétale repose sur la craie, les silex y sont plus abondants, et on est souvent tenté de confondre cette couche caillouteuse avec le conglomérat de silex.

La Terre végétale, comme l'ont établi les observations de MM. Jacquot et Delesse, a une composition assez variable avec les lieux et indépendante de celle des roches sous-jacentes.

L'épaisseur des assises est assez variable ; on peut
évaluer approximativement celle du Diluvium à 3 ou 4
mètres; quant à celle du Loess, elle paraît être en
moyenne de 4 à 10 mètres; La Terre végétale a rarement plus de 2 mètres.

Le terrain Diluvium repose en stratification discor-
dante sur les autres terrains et pénètre dans les poches
qui ont été creusées à leur surface. Il y a même discor-
dance entre le Diluvium et le Loess comme on peut s'en
convaincre à la sablière de Vendhuile à l'entrée de la
vallée de l'Escaut.

On a trouvé à Selvigny dans le Diluvium les dents
d'un *Elephas primigenius*. Ces débris sont cependant
assez rares dans le Cambresis. Dans le département de
l'Aisne et dans la Picardie, on les y rencontre plus abon-
damment associés avec ceux de Rhinoceros. (*Rhinoceros tichorhinus*), etc. Le Diluvium de la Picardie a été
le premier à donner des preuves de la contemporanéité
de l'homme, et de ces espèces perdues. On y a trouvé des
haches en silex, analogues à celles qui sont maintenant
employées par les peuplades sauvages de l'Océanie.
Nul doute que le Cambresis ne fut également habité
par ces premiers hommes, et si l'on examinait avec soin
le Diluvium de la vallée de l'Escaut on y trouverait probablement aussi, soit des haches comme celles d'Amiens,
soit des couteaux en silex comme ceux que M. Gosse a
trouvés à Paris, soit quélqu'autre débris attestant la
présence de l'homme.

Qu'elle est l'origine du Diluvium, du Loess et de la

Terre végétale? Dans quelle condition se trouvait le
Cambresis à l'époque diluvienne? C'est ce qu'il m'est
difficile d'indiquer. Sans doute le terrain diluvien s'est
déposé au fond des eaux, mais quelle était la nature de ces
eaux? Etait-ce la mer, était-ce des eaux pluviales, des torrents descendant des montagnes, des lacs immenses? Les
géologues ont émis plusieurs théories pour expliquer la
formation du Diluvium et du Loess; aucune ne me sa-
tisfait complètement. Je ne puis comprendre comment
la mer aurait déposé tant de sédiments sans y laisser
quelques uns de ses habitants; je ne puis admettre
plus aisément que les eaux douces aient roulé et arrondi
cette énorme quantité de galets qui constitue le Diluvium? La difficulté s'accroît encore quand il faut expliquer ces ravinements profonds qui ont rendu si inégale
la surface de la zone paléontonique, qui ont creusé les
vallées où coulent encore la plupart de nos fleuves.
Les récentes découvertes révèlant que l'homme a vécu
à l'époque diluvienne ont appelé l'attention des géologues sur ces terrains superficiels qu'ils avaient trop longtemps négligés. Espérons que grâce à tant d'efforts
réunis, on arrivera à résoudre une question aussi importante pour la Géologie.

A la fin de la période diluvienne l'eau recouvrait tout
le Cambresis; elle s'écoulait entraînant avec elle une
partie du limon et des cailloux qu'elle venait de dépo-
ser, creusant de nouveau les vallons, fouillant les vallées
que les sédiments diluviens avaient en partie comblés,
donnant en un mot au pays la forme qu'il a de nos
jours. Depuis lors, l'action des pluies a produit un effet

opposé; de nouveaux sédiments enlevés aux hauteurs se sont amassés dans les parties creusées, les rivières ont vu leurs lits s'exhausser et retrécir. Une partie souvent considérable de leur bassin devint un marais que les eaux ne recouvrirent plus que dans les moments de crues. Chaque nouvelle inondation apporta de la vase et du sable, les marais l'élevèrent peu à peu jusqu'à ce que l'homme s'empara du sol, construisit des digues et mit un terme aux invasions de l'eau; dès lors le marais cessa de s'exhausser, il alla même plutôt en s'affaissant par suite du tassement des terres. Lorsque les marais se formèrent tous les animaux antédiluviens avaient disparu, l'époque récente était commencée.

TEMPS AZOIQUES.

AGE PRIMAIRE Ere des Trilobites	PÉRIODE SILURIENNE. PÉRIODE DÉVONIENNE. PÉRIODE CARBONIFÈRE. PÉRIODE PERMIENNE.	

PÉRIODE TRIASIQUE.
PÉRIODE JURASSIQUE

ÉPOQUES NÉOCONIE

ÉPOQUE DU GAU
ou de la NUCULA PECTI

AGE SE-CONDAIRE Ere des Ammonites.

PÉRIODE CRÉTACÉE.

ÉPOQUE DE LA CRAIE GLAU
ou du PECTEN ASPE

ÉPOQUE DE LA CRAIE M
ou de L'ANANCHYTES (

ÉPOQUE DE LA CRAIE DE
ou de la BELEMNITES MUCI
ÉPOQUE de la CRAIE de M
ou de l'HEMIPNEUSTES RA

ÉPOQUE des SABLES du SO
ou des CORYPHODON

AGE TERTIAIRE. Ere des Pachydernes

PÉRIODE ÉOCÈNE.

ÉPOQUE DU CALCAIRE
ou des LOPHIODONS

ÉPOQUE DU GYPS
ou des PALEOTHERI

PÉRIODE MIOCÈNE.
PÉRIODE PLIOCÈNE.

TEMPS CONTEMPORAINS.

PÉRIODE DILUVIENNE.
PÉRIODE RÉCENTE.

TEMPS PALÉONTONIQUES.

AMBRESIS.

e azoïque existe certainement dans le Cambresis, mais à une grande profondeur.

·ain Silurien se dépose ; il est ensuite redressé et plissé. Première dislocation.
·er se retire une première fois.

r revient : les terrains Dévoniens et Carboniferes se déposent ; ils sont ensuite
·ssés et plissés. 2ᵉ dislocation. La mer se retire une deuxième fois.

·nbresis fait partie d'un continent ; il ne s'y produit pas de sédiments.

·ibresis est recouvert par la mer ou par des lagunes dans lesquelles se déposent :
   1ʳᵉ assise : Sable et minerai de fer ;
   2ᵉ assise : Argile et lignites ;
   3ᵉ assise : Grès et sable fossilifere : *Solarium moniliferum*, *Natica Dupinii*,
        Cerithum Lallierianum, *Turritella Vibrayana*, *Dentalium decus-*
        satum, *Nucula pectinata*, *Ostrea conica Varⁱᵉ minor*, etc.
est raviné.

nt : 1ⁱᵉ assise : Poudingue, sables verts, marne verte, Sarrazin, Tourtia (pars) :
        Nautilus elegans, *Ammonites laticlavius*, *Pecten asper*, *P. ser-*
        ratus, *P. quinquecostatus*, *Spondylus striatus*, *Ostrea conica*, *O.*
        carinata, *O. haliotidea*, *O. vesiculosa*, *O. diluviana*, *Rhynchonella*
        compressa, *R. gallina*, *R. depressa*, *Terebratula depressa*, *T.*
        diplicata, *T. Menardi*.
   2ᵉ assise : Marne blanche verdatre, marne grise pyritifere d'Autreppe,
        argile bleue pyritifere, Tourtia (pars) Dièves (pars) : *Oxy-*
        rhina Mantelli, *Belemnites plenus*, *Spondylus spinosus*, *Pecten*
        asper, *Ostrea diluviana*, *O. conica*, *O. vesiculosa*, *O. pectinata*,
        Terebratula obesa.

·nt : 1ⁱᵉ assise : Marnes grises ou blanches : *Inoceramus labiatus*, *Ostrea fla-*
        bellula, *Terebratula semi globosa*, *Terebratulina gracilis*.
   2ᵉ assise : Craie à silex : *Lima Hoperi*, *Pecten Dujardini*, *Inoceramus*
        labiatus, *Ostrea flabelliformis*, *Micraster Leskei*.
   3ᵉ assise : Craie : *Inoceramus Lamarkii*, *Ostrea flabelliformis*, *Micraster*
        cortestudinarium, *Ananchytes gibba*, *Cidaris Merceyi Echino*
        conus conicus.
se retire pour la troisième fois dès le milieu de l'époque.

·ibresis fait partie d'un continent ; il ne s'y produit pas de sédiments.

·ibresis est recouvert par la mer où
nt : 1ʳᵉ assise : Conglomérat et Tuffeau.
   2ᵉ assise : Sables et Grès.
se retire pour la quatrième fois dès le milieu de l'époque. Le Cambresis fait
·n continent.

·recouvre l'extrémité Sud du Cambresis ; elle n'y séjourne que très peu de temps.
·at : Assise unique : Silex à Nummulites lævigata.
se retire pour la cinquième fois avant le milieu de la période. Le Cambresis
   d'un continent.

·bresis fait partie d'un continent ; il ne s'y produit pas de sédiments.

·it : 1ⁱᵉ assise : Diluvium.
   2ᵉ assise : Limon.
   3ᵉ assise : Terre végétale.
·t :   Alluvions des marais.

Fig. I. — *Disposition du Gault au champ d'Offy, près Solre-le-Château.*

Echelle des hauteurs $\frac{1}{500}$

1. Sable blanc à grains fins présentant quelques lits ferrugineux et quelques grès très friables .... **3** ᵐ vis.
2. Sable ferrugineux à grains fins 0   50
3. Argile plastique avec Lignites pyriteuse (cendres)   1
4. Sable fin jaunâtre 1   50
5. Terre végétale avec petits cailloux, variable entre   0 ᵐ 20 et 1 ᵐ 50
Les couches plongent légèrement vers l'Est.

Fig. II. — *Coupe du terrain en suivant le chemin du Grand Fayt à Taisnières.*

Echelle des distances $\frac{1}{20,000}$ Des hauteurs $\frac{1}{4,000}$

1. Terrain primaire.
2. Sable vert avec Ostrea conica et Pecten asper. .   10 ᵐ environ.
3. Argile bleue verdâtre avec Pyrite   15
4. Marne grise exploitée   10
5. Conglomérat de silex du terrain éocène (tertiaire).   5
6. Loess et Terre végétale   10
7. Partie remaniée. Argile avec quelques silex   5

Fig. III. — *Coupe de la Carrière du pont du bois à Sassegnies.*

Echelle des hauteurs $\frac{1}{200}$

1. Terrain primaire (marbre du calcaire carbonifère) en bancs incliné Nᵒ 10ᵉ 0 -- 81ᵒ.
2. Poudingue (Gompholite de M. D'Omalius d'Halloy)   1 ᵐ
3. Marne verte   0   90
4. Argile plastique jaunâtre ou verdâtre ....   1 ᵐ à 0 ᵐ 20
Ces couches 2, 3 et 4 appartiennent à la craie glauconieuse.

5. Argile rougeâtre renfermant à la base des silex de
la craie.. .... 1^m à 0^m 40

FIG. IV. — *Coupe de la carrière de pierre bleue de Houdain, près du chemin d'Equernes sur la rive gauche de l'Honeau.*

Echelle des hauteurs $\frac{1}{100}$

Voir pour les détails, page 393.

FIG. V. — *Coupe du terrain tertiaire inférieure à l'entrée du chemin de Tilloy, près de Cambrai.*

Echelle des hauteurs $\frac{1}{100}$

1. Craie à Micraster cor testudinarium.
2. Argile brune ou jaune, épaisseur moyenne 0^m 10.
   Quoique cette couche ne renferme pas de silex, elle appartient néanmoins au conglomérat à silex.
3. Tuffeau.
4. Loess et Terre végétale.

FIG. VI ET VII. — *Coupes de Craie entre Poix et Englefontaine.*

Echelle des hauteurs $\frac{1}{200}$

1. Craie à silex et Micraster leskei.
2. Conglomérat à silex ; la pâte est très sableuse, sauf dans les poches où elle est un peu plus argileuse.
3. Sables avec nodules d'argile rouge à l'Est, et jaune à l'Ouest.
4. Argile brune et grise avec lits sableux.
4'. Argile plastique.
5. Terre végétale Loess.

FIG. VIII. — *Coupe des Sablières d'Ovillers, hameau de Solesmes, sur le chemin de Vendegies.*

Echelle des hauteurs $\frac{1}{500}$

1. Sable vert noirâtre rempli d'eau ; il n'est pas exploité.
2. Sable blanc... .... 7 ᵐ
3. Grès très-dur intercalé dans le sable blanc............ 2
4. Argile jaune sableuse,.. 0 60
5. Argile noire compacte............................. 2
6. Sable jaune.. 0 . 80
7. Loess présentant à sa base du côté du Nord des blocs de grès (3').. 2 ᵐ 50 à 6 ᵐ
8. Terre végétale.................................. 0ᵐ40à0ᵐ80

Fig. IX. — *Coupe de Terrains tertiaires au N. d'Haussy.*

Echelle des hauteurs $\frac{1}{1,000}$

1. Craie à silex et Micraster Leskei.
2. Conglomérat à silex.
3. Tuffeau.
4. Sable.
4'. Grès.
5. Terre végétale et Loess.

Fig. X. — *Coupe d'une sablière à Wassignies.*

Echelle des hauteurs $\frac{1}{100}$

1. Sable.. 2 ᵐ
2. Loess avec débris de cailloux à Nummulites........ 0 80
3. Terre végétale................................ 0ᵐ20à0ᵐ40

Fig. XI. — *Coupe d'une sablière au Favril.*

1. Sable verdâtre.................................. 0 ᵐ 50
1'. — blanc ou violacé.................. 1
1". — jaunâtre.................. 0 20
2. Blocs de grès à la partie inférieure du Loess. 1
3. Loess................................ 1 30
4. Terre végétale avec petit silex à la partie inférieure 1

INDICATIONS DE QUELQUES SONDAGES

EXÉCUTÉS DANS LE CAMBRESIS.

—

Il nous a paru utile de joindre ici l'indication de quelques-uns des sondages exécutés dans le Cambresis et dont il a été question dans les pages précédentes. Les sondages des puits de Crèvecœur, de Bonavis et de Banteux m'ont été communiqué par M. Bruyelle, et M. de Frémicourt a eu l'obligeance de me montrer les échantillons qui proviennent du puits foré chez lui. Mais ces longues listes de roches citées souvent en termes techniques ne permettant pas de saisir l'ensemble des terrains, j'ai essayé d'établir des divisions plus générales, qui puissent permettre de comparer plus facilement les puits entre eux. Enfin, j'ai joint aux trois sondages précédents celui de l'usine Brabant, à Cambrai, déjà cité dans la note de M. Tordeux, mais en le présentant sous une forme différente, la coupe d'un puits fait à la sucrerie de Solesmes, et enfin, comme terme de comparaison, la coupe des puits d'Anzin telle qu'elle est indiquée par Daubuisson.

1° SONDAGE EXÉCUTÉ EN 1841, A CRÈVECŒUR,

dans la propriété de Révelon, appartenant à M. de Frémicourt.

Numéros des couches	Profondeur du sol	NATURE DES COUCHES.	Épaisseur des couches
			Mètres
1	Au sol Mètres	Terre végétale un peu argileuse	4 »
2	4 »	Marne jaune avec silex roulant	10 »
3	14 »	Marne blanche avec silex	6 »
4	20 »	Roche calcaire tendre	5 43
5	25 43	Argile blanche un peu jaunâtre	0 50
6	25 93	Roche tendre siliceuse	2 »
7	27 93	Craie blanche dure	2 90
8	30 83	Roche tendre de craie blanche	4 17
9	35 »	Argile jaune et blanche	0 90
10	35 90	Roche marneuse	1 44
11	37 34	Craie grise et blanche en plaquettes dures	13 »
12	50 34	Roche calcaire tendre	1 70
13	52 04	Argile bleue et verte	25 10
14	77 14	Marne grise en plaquettes, un peu blanche	3 98
15	81 12	Roche verte et grise dure	5 50
16	86 62	Entre deux de calcaire tendre	0 15
17	86 77	Roche calcaire siliceuse	3 43
18	90 20	Entre deux	0 10
19	90 30	Roche calcaire siliceuse tendre	3 50
20	93 50	Entre deux de marne siliceuse	0 71
21	94 51	Entre deux de marne avec pyrites de fer	2 30
22	96 80	Roche calcaire siliceuse bonne pour tuber	0 15
23	96 96	Roche très-dure de calcaire siliceux	7 24
24	104 20	Entre deux de marne très-dure siliceuse	0 67
25	104 87		0 98
26	105 85	Roche tendre de marne siliceuse	1 58
27	107 43	Roche calcaire siliceuse dure.	0 90
28	108 33	Calcaire chlorité très-dur avec pyrite de fer	5 67
29	114 »	Argile noire	0 72
30	114 70	Roche tendre grise avec pyrites de fer	2 »
31	116 72	Roche de grés, verte très-dure	3 22
32	119 94	Entre deux d'argile verte	0 90
33	120 84	Argile verte et noire contenant du sable vert à grains très-gros mêlés de petits galets	1 27
34	122 11	Sable vert un peu argileux	0 30
35	122 40	Sable gris argileux et vert avec beaucoup de points noirs de silicate de fer	1 47
36	123 88	Roche de grés calcaire très-dure Profondeur au 14 mai 1842 126m74 2m86 — au 19 juin 129 82 3 90	5 95
27	129 83	Entre deux de marne de calcaire tendre	0 61
28	130 44	Roche calcaire très-dure, profondeur connue	6 36

On a arrêté le forage à 136 mètres 80. — Les travaux commencés le 16 août 1841, ont été poursuivis sans interruption jusqu'au 7 février 1842, puis ils ont été repris le 8 avril 1842 et continués jusqu'au 27 août, époque à laquelle ils ont cessé complètement d'après l'avis de M. Elie de Beaumont qui pensait que l'on avait perdu toute chance de trouver de l'eau jaillissante.

2º SONDAGE FAIT EN 1838

sur le territoire de Crèvecœur, sur la lisière du bois de Lalau (terrain appartenant à M. Crépin de Bonavis). Travaux exécutés pour le compte de M. Muly, gérant de la compagnie houillère de l'Escaut supérieur. On a rencontré une veine d'eau jaillissante qui a forcé de cesser les recherches du charbon.

Numéros des couches	Profondeur du sol		NATURE DES COUCHES.	Epaisseur des couches	
				Mètres	
1	Au sol		Craie blanche avec silex	32	48
	Mètres				
2	32	48	Craie bleue argileuse	6	50
3	38	89	Craie dure un peu silicense	0	32
4	39	30	Craie bleue	6	99
5	46	25	Craie dure un peu siliceuse	0	81
6	47	09	Craie très-argileuse et bleue	29	90
7	77	80	Craie blanchâtre.	0	97
8	78	77	Craie verte chlorité	5	25
9	84	29	Calcaire tendre	0	33
10	84	62	Marne blanchâtre	0	81
11	85	43	Calcaire siliceux	7	97
12	93	40	Marne blanchâtre	0	15
13	93	55	Calcaire siliceux	10	07
14	103	62	Marne	0	65
15	104	27	Calcaire siliceux	0	33
16	104	60	Marne	2	60
17	107	20	Calcaire noir très-dur	0	65
18	107	85	Argile verte chlorité	3	21
19	111	09	Argile noire avec pyrites de fer	8	12
20	119	21	Calcaire friable	0	65
21	119	86	Argile verte	0	93
22	120	81	Sables verts avec beaucoup de points noirs de silicate de fer (eau jaillissante)	2	60
23	123	44	Calcaire très-dur. Augmentation d'eau	2	27
24	125	71	Marne. Augm⁰ⁿ d'eau jaillissante	0	38
25	126	09	Calcaire très-dur	0	21
26	126	30	Marne	0	27
27	126	57	Calcaire très-dur	1	42
28	127	99	Marnes et plaquettes calcaires	0	81
29	128	80	Marne friable	1	84
30	130	61	Calcaire dur	0	54
31	131	18	Marne	0	38
32	131	56	Grés calcaire extraord' dur, épaiss' connue	5	06

La force des eaux a fait arrêter le forage à 135 ᵐ 62,

3° SONDAGE EXÉCUTÉ EN 1857, A BANTEUX.

Numéros des couches	Profondeur du sol		NATURE DES COUCHES.	Epaisseur des couches	
				Mètres	
1	Au sol Mètres		Terre végétale	0	50
2	0	50	Argile jaune liquide	5	»
3	5	50	Silex et argile	4	50
4	10	00	Argile blanche	2	43
5	12	43	id.	3	26
6	15	69	id.	1	10
7	16	79	id.	2	50
8	19	29	id.	6	05
9	25	34	id.	3	30
10	28	64	Argile blanche et pyriteuse	39	54
11	68	18	id. de fer	29	98
12	98	16	Tourtias verts et grès sableux	2	72
13	100	88	Argile sableuse, bleu verdâtre, miratrée (sic)	8	30
14	109	18	Grès grisâtre	5	42
15	114	60	Grès bleu siliceux	7	51
16	122	11	Grès calcaireux roux	2	03
17	124	14	Schistes noirs	2	73
18	126	87	Grès sableux	4	92
19	131	79	Grès bleuâtre	5	30
20	137	09	Grès sableux	0	90
21	137	99	Grès miratré (sic)	6	40
22	144	39	Grès pierreux	2	23
23	146	62	Schiste brun noirâtre	0	79
24	147	41	Grès schisteux	5	40
25	152	81	Schistes quereleux (sic) et bitumineux	5	47
26	158	28	Schistes blanchâtres calcaireux	1	19
27	159	47	Schistes bitumineux calcaireux	5	62
28	156	09	Schistes id.	2	25

Jusqu'à 220 ᵐ de profondeur où le sondage a été fait, ce sont des schistes calcaireux bitumineux.

Certifié conforme à l'original du journal du sondeur.

Le président de la société ch^re de Banteux,

Signé : SORLIN.

4° SONDAGE EXÉCUTÉ A L'USINE BRABANT

(allée St-Roch) Cambrai.

Numéros des couches	Profondeur du sol	NATURE DES COUCHES.	Epaisseur des couches
			Mètres
1	Au sol	Argile rouge	2 »
	Mètres		»
2	2 »	Tourbe noire et rouge	2 »
3	4 »	Glaise bleue mêlée de cailloux	12 »
4	16 »	Craie	4 »
5	20 »	Calcaire gris blanc roux	14 »
6	34 »	Glaise couleur ardoise	80 »
7	114 »	Glaise mêlée de sable vert	2 »
8	116 »	Glaise presque noire	5 50
9	121 50	Glaise mêlée de schiste	11 »
10	132 50	Schistes mêlés de glaise	11 50

Profondeur atteinte 134 mètres.

5° SONDAGE EXÉCUTÉ A LA SUCRERIE DE SOLESMES.

1		Argile à briques	5 »
2	5 »	Sable mouvant	5 »
3	10 »	Argile veinée bleue et jaune	2 50
4	12 50	Glaise jaunâtre	0 50
5	13 »	Silex et argile jaune	0 50
6	13 50	Glaise jaune	0 40
7	13 90	Marne argileuse blanche	1 »
8	14 90	Glaise bleue	4 »
9	18 90	Marne fragmentaire blanche	0 30
10	19 20	Marne bleue	0 80
11	0 20	Glaise bleue avec pyrite	24 »
12	44 »	Gravier	0 30
13	44 30	Fausses dièves	3 20
14	47 50	Grès	1 50
15	49 »	Tourtia	2 »

Profondeur atteinte 51 mètres.

1er SONDAGE DE CRÈVECOEUR.   2e SONDAGE DE CRÈVECO[EUR]

	Profondeur du sol		Epaisseur des couches	Profondeur du sol	
Zone contemporaine		Terre végétale	4 »		
Eocène inférieur	4 »	Marne jaune avec silex roulant	10 »		
Craie marneuse	14 »	Marne blanche avec silex	6 »		Craie blanche avec silex
	20 »	Craie sans silex	15 »	32 50	Craie bleue argileuse ou silice[use]
	35 »	Argile marne et craie en plaquettes dures	17 ,		
Craie glauconieuse	52 »	Argile bleue et verte / Marne grise et plaquettes un peu blanche	29 »	47 »	Craie bleue très-argileuse / Craie blanchâtre
	81 »	Roche argileuse verte et grise	5 50	78 75	Craie verte chlorité
	86 50	Calcaire siliceux et marne	22 »	84 25	Calcaire siliceux et marne
	108 50	Calcaire très-chlorité	5 50	107 »	Calcaire noir et argile chlorit[é]
Gault	114 »	Argile noire	0 70	111 10	Argile noire
	114 70	Argile et grès vert	7 30	119 20	Calcaire et argile verte
	122 »	Sable vert	2 »	121 »	Sables verts
Carbonifère	124 »	Calcaire carbonifère	13 »	123 50	Calcaire carbonifère

3e SONDAGE DE BANTEUX   PUITS DE CAMBRAI (usine Brabant)   PUITS DE SOLE[ILMONT]

Zone contemporaine	» »	Terre végétale	» 50	» »	Argile rouge	2 »			Terre végé[tale]		
	» 50	Loess	5 »	2 »	Tourbe	2 »			et Loess.		
Eocène inférieur	5 50	Conglomérat à silex	4 50	4 »	Conglomérat à silex	12 »	13 »		Conglomérat silex		
	» »										
Craie marneuse	10 »	Argile blanche	18 64	16 »	Craie marneuse	28 »	13 90		Marne blan[che] et argile bl[eue]		
Craie glauconieuse	28 64	Argile pyriteuse	69 52	34 »	Argile bleue	80 »	20 »		Argile bleue ... ritifère		
	98 16	Tourtia et argile sableuse verte	11 '02	114 »	Argile sableuse verte	2 »	44 »		Tourtia, grès,		
Gault				116 »	Argile presque noire	5 50					
Dévonien	109 18	Schistes et grès dévoniens	110 82	121 05	Schistes mêlés d'argile.	22 50					

COUCHES DES TERRAINS MORTS TRAVERSÉS DANS LES
MINES D'ANZIN

d'après Daubuisson. *(Journal des Mines.* 1805)

Eocène inférieur	1 Tur (Tuff)	63 à 6 mètres.	
	2 Ciel de marne.	1	»
	3 Marle (craie).	4	10
	4 Grès (calcaire).	3	4
	5 Vert (id.)	1	2
	6 Bonne pierre (id.). . . .	2	3
	7 Cornus (silex).	15	.
Craie marneuse	8 1er bleu (argile).	1 1/2	2
	9 Forte toise (calcaire). . .	2 1/2	»
	10 2e bleu (argile).	2	»
	11 1er petit banc (calcaire) . .	2 1/2	»
	12 3e bleu (argile).	2	»
	13 2e petit banc (calcaire) . .	5	»
Craie glauconieuse	14 Dief (argile).	18	»
	Rouge dief (id).	1	»
	15 Tourtia (calcaire). . . .	2	»
	Epaisseur totale. . .	65	78

TROISIÈME PARTIE.

—

DESCRIPTION GÉOLOGIQUE DES CANTONS ET DES COMMUNES.

I. CANTON DE SOLESMES.

Le canton de Solesmes présente la forme d'un plateau qui s'incline doucement vers le N. Il atteint sa plus grande élévation altitude (140 mètres au-dessus du niveau de la mer), à son extrémité sud au hameau de la Croisette. A son extrémité N., entre Saulzoir et Vende-gies-sur-Ecaillon, il a 99 m.; à l'E., entre Romeries et Neuville, il a 137 m.; entre St-Vaast et Avesnes-lez-Aubert, il n'a que 100 m. La pente est donc du S. au N. de 315 millimètres par 100 mètres et de l'E. à l'O. de 321 m. m.

Le plateau est partout recouvert par la terre végétale et par le lœss dont l'épaisseur variable est en général de 7 à 10 mètres. Les chemins sont souvent creusés dans le lœss et forment des ravins profonds dont les bords sont taillés à pics; car le lœss est souvent assez

28

argileux pour tenir sans s'ébouler comme les parois d'un mur (1) ; mais par la pluie ces chemins deviennent de véritables torrents, et l'argile en se délayant forme une boue collante qui les rend impraticables.

Sous le lœss se trouve le sable et le grès de l'Eocène inférieur. Le grès est presque toujours à la partie inférieure du lœss et empaté dans cette argile. Nous avons expliqué ce fait dans la seconde partie de ce travail en disant que les couches de grès avaient été démantelées postérieurement à leur consolidation comme le sont aujourd'hui les grès de la forêt de Fontainebleau et que l'argile même du lœss avait pénétré sous ces blocs désunis et se les était en quelque sorte appropriés. Ainsi un propriétaire m'a dit avoir trouvé sous le grès 3 mètres d'une *terre rouge* coulante qui doit probablement se rapporter au limon argile-sableux ; mais tout près de là, dans les carrières d'Haussy, par exemple, j'ai pu constater que le grès est en place dans le sable (voir les fig. 8 et 9). Le grès ne forme pas un banc continu, il constitue plutôt de petits massifs isolés dont l'épaisseur peut aller jusqu'à plusieurs mètres ; il donne lieu dans presque toutes les communes du canton à des exploitations importantes toujours situées dans les points les plus élevés du plateau.

Le sable est plus rare ou du moins on l'exploite plus rarement : comme les ouvriers s'arrêtent au grès et ne

---

(1) Le lœss présente la même épaisseur et la même disposition en Belgique et dans les environs de Bruxelles. C'est à un ravin de ce genre que l'on attribue la perte de la bataille de Waterloo.

creusent pas plus profondément; on ne peut pas s'assurer s'il existe partout sous cette roche.

Dans plusieurs points le sable renferme un lit plus ou moins épais d'argile plastique noire employée pour faire des pannes et des carreaux à Prayelle, commune de Viesly, et à Beaurain.

A Prayelle, l'argile a 3 à 4 mètres d'épaisseur ; et repose sur du sable également exploité et renfermant des nodules d'argile. Cependant un trou ouvert derrière la ferme de Prayelle, à un niveau inférieur à la sablière, montre l'argile immédiatement au-dessus de la craie.

Le banc d'argile de Prayelle se retrouve aussi sous le village de Viesly ; c'est lui qui retient les eaux de la fontaine du village ; on le voit à la partie supérieure des carrières de sable qui sont sur le chemin de Briastre.

A Beaurain la couche argileuse a 1 m. 50 d'épaisseur ; elle est intercalée au milieu du sable qui a une puissance de 7 mètres. La partie supérieure et la partie inférieure de la couche sableuse peuvent seules être utilisées pour la fabrication des tuiles ; la zone moyenne est trop impure et trop sableuse pour pouvoir être employée.

Le tuffeau qui forme l'assise inférieure du terrain éocène existe dans le plateau que suit la route départementale entre Solesmes et Vendegies, ainsi qu'au S. de Solesmes, entre le ruisseau Bayart et la route du Cateau. Je n'ai pas trouvé cette roche entre la Selle et l'Erclain, ni à l'ouest du ruisseau d'Herpies. A Romeries, il y a à la surface de la craie 20 centimètres d'argile brune avec silex, puis une couche dont l'épaisseur variable est au maximum de

1 m., formée de sable vert avec petites veines d'argile.
Je considère cette couche comme du tuffeau non
consolidé.

Le conglomérat à silex est généralement peu épais
dans le canton de Solesmes ; cependant à l'E. il peut
acquérir 2 mètres ; au moulin d'Hirson, par exemple,
à l'O. de Saulzoir, le conglomérat est remplacé par une
couche d'argile grise assez épaisse employée comme
marne. Si le tuffeau n'est d'aucune utilité, le conglomérat
à silex est souvent exploité ; on enlève les silex et on les
emploie concurremment avec ceux qui proviennent des
carrières de craie pour empierrer les chemins. Les
exploitations n'ont aucun caractère de permanence ;
elles se font l'hiver pour occuper les ouvriers, et comme
on ne les établit que là où le conglomérat affleure, c'est-
à-dire sur la pente des vallées, il suffit de retourner un
peu la terre à 2 ou 3 centimètres de profondeur pour en
retirer le silex. La présence du conglomérat est toujours
indiquée à la surface par la quantité de silex brisés qui
couvrent les champs.

La craie qui supporte le conglomérat forme le substratum de tout le canton de Solesmes, mais elle n'est visible
que dans les vallées.

Le plateau qui vient de nous occuper est découpé
par trois rivières qui toutes trois coulent du S.-E. au
N.-O., et se jettent dans l'Escaut : ce sont l'Ecaillon, la
Selle et l'Erclain. Ce dernier n'est qu'un torrent tandis
que les autres sont de véritables rivières ; c'est que
l'Ecaillon et la Selle sont alimentés par des sources,

tandis que l'Erclain ne reçoit que des eaux de pluie. Il coule dans une vallée qui prend naissance à Honnechy (canton du Cateau), et il ne touche le canton de Solesmes que sur un petit nombre de points ; ainsi il forme la limite des communes de Viesly et de Béthencourt, et il traverse le territoire de St-Vaast. Il est à 100 m. au-dessus du niveau de la mer à son entrée dans le canton de Solesmes, et à 50 m. à sa sortie : ce qui lui fait 50 m. de pente sur un parcours de 6 k. 1/2 en ligne droite soit 769 m. m. par 100 m. Le fond de la vallée est formé par la base de la craie à Micraster cor testudinarium dans la commune de Viesly et par la partie supérieure de la craie à Micraster Leskei dans la commune de St-Vaast.

La Selle prend naissance dans la commune de Molain (département de l'Aisne) ; de nombreuses sources qui existent dans cette commune et dans celle de St-Martin-Rivière lui apportent, dès son origine, une quantité d'eau suffisante pour faire tourner plusieurs moulins , et bien qu'elle reçoive peu d'affluents, elle est après l'Escaut la rivière la plus considérable de l'arrondisse-ment. Elle reçoit à Montay le ruisseau de Bazuel qui ne pénètre pas dans le canton de Solesmes ; à Solesmes le ruisseau Bayart qui prend sa source entre Croix et Forest, et elle va se jeter dans l'Escaut vis-à-vis Denain. La vallée de la Selle, à son entrée dans le canton de Solesmes, a une hauteur de 75 m. au dessus du niveau de la mer ; sa sortie est à 48 m., ce qui lui donne 27 m. de pente pour un parcours de 13 kilomètres soit 208 millimètres par 100 mètres. Elle est creusée dans la craie marneuse. et le fond repose sur la marne grise à la

Terebratulina gracilis qui retient les eaux et fournit les nombreuses sources dont il a été question. Dans le voisinage immédiat de la rivière la marne est recouverte par une couche tourbeuse et alluviale. Les bords de la rivière sont formés par la craie à silex et à Micraster Leskei qui fournit la matière première à de nombreux fours à chaux. Ces exploitations sont principalement situées sur la rive droite ; c'est que par une circonstance générale à tous les cours d'eau du canton et dont on ne s'est pas encore rendu compte, les rives droites sont escarpées tandis que les rives gauches formant des pentes très-inclinées sont recouvertes presque complètement par le lœss.

Le Ruisseau Bayart, le seul affluent de la Selle qu'il y ait intérêt à considérer prend sa source entre Croix et Forest et coule d'abord sur le lœss et le conglomérat à silex ; au point où il passe, sous la route de Landrecies, il atteint la marne grise qui forme le fond de son lit jusqu'à Solesmes. Sa rive droite présente également plusieurs exploitations de craie.

L'Ecaillon se forme par la réunion de quatre ruisseaux et ne mérite réellement le nom de rivière qu'après cette réunion ; cependant on donne le nom d'Ecaillon au ruisseau qui vient de Beaudegnies, et les trois autres ruisseaux portent les noms de R. d'Herpies, R. St-Georges, et R. de Ruesnes.

Le Ruisseau d Herpies, prend sa source dans la forêt de Mormale au N. de Landrecies ; il porte aussi les noms de R. des Ecrevisses, R. de Vendegies-au-Bois.

Il pénètre dans le canton de Solesmes au moulin d'Hirson, commune de Romeries, passe au hameau de Vertigneul, à Romeries, à Vertain, à la ferme de Rieux, à celle d'Orchival et à Vendegies-sur Ecaillon où il se joint à la rivière de ce nom. Il a 109 mètres d'altitude au moulin d'Hirson et 49 à Vendegies ; bien qu'il y ait un niveau plus élevé que celui de la Selle, il coule également sur les marnes grises et ses bords sont formés par la craie à silex et à Micraster Leskei. Cette craie est exploitée pour faire de la chaux sur la rive droite du ruisseau depuis le moulin d'Hirson jusqu'à Vendegies. La longueur du ruisseau sans tenir compte des détours est de 14 kilom., ce qui lui fait une pente de 428 millim. par 100 mètres.

Le Ruisseau St-Georges, prend également sa source dans la forêt de Mormale aux environs de Preux-au-Bois ; il pénètre dans le canton de Solesmes en aval de Pont-à-Pierre, commune de Salesches, passe à Escarmain, à Cappelle et se jette dans l'Ecaillon à la limite de cette dernière commune ; son parcours est de 3 k. 1/2 en ligne droite ; son altitude de 102 m. à Pont-à-Pierre devient 65 m. au confluent ; sa pente est donc 1,057 m. m. par 100 mètres. Bien qu'à un niveau plus élevé encore que le ruisseau d'Herpies, il pénètre plus profondément encore dans les marnes grises. Elles sont exploitées près de Pont-à-Pierre sur le territoire d'Escarmain ; dans ce village elles forment un niveau de sources à quelques mètres au-dessus du ruisseau ; au moulin de Bermerain on les exploite dans la même position.

L'Ecaillon, qui vient de Locquignol, dans la forêt de Mormale, traverse les territoires de Cappelle, Bermerain, St-Martin, Vendegies, Sommaing. Son parcours est de 6 k. 1/2 et sa pente 461 millim. par 100 mètres (altitude à la ferme Buat 75 mètres, à Sommaing, 45). Situé plus à l'Est que le ruisseau St-Georges il entame plus profondément les marnes grises qui sont exploitées sous la craie à silex dans les carrières ouvertes à 300 mètres à l'O. du pont de Buat. On y trouve de haut en bas :

Conglomérat à silex de 50 centimètres au plus pénétrant dans les sinuosités de la craie ;

Craie marneuse avec silex disséminés sans ordre (6 mètres).

Craie blanche sans silex (0 m. 50) ;

Marne argileuse grise (6 m.) ;

Au moulin de Bermerain, près du confluent du ruisseau de St-Georges, on rencontre une coupe tout-à-fait analogue. Les marnes grises s'abaissent un peu près du pont en formant le fond d'une cuvette qui retient les eaux de la fontaine située au pied de l'église. L'église de Sommaing repose sur un escarpement de craie à silex.

Le Ruisseau de Ruesnes, moins important que les précédents, ne traverse pas d'autre village que Vendegies-sur-Écaillon où est son confluent avec l'Ecaillon. A partir de son entrée sur le territoire de Vendegies, il roule toujours sur la craie à silex.

D'après ce que nous venons de voir, l'assise des marnes grises forme la base géologique du canton de Solesmes ;

elle présente souterrainement une inclinaison vers le
N.-O. qui est accusée par la surface extérieure du sol.
C'est ce que montre le tableau suivant où sont inscrites
les diverses altitudes de ces marnes soit à l'Est soit à
l'Ouest du canton. On y remarque que la plus grande
différence de niveau est d'Ovillers à Saulzoir, elle égale
72 mètres.

Partie occidentale.	Partie orientale.
Viesly (Prayelle) 67.	. Solesmes (Ovillers) 120 . . .
St-Vaast . . 50.	Romeries (Mᵗⁱⁿ d'Hirson) 112.
Saulzoir. . . 48.	Escarmain (Pont-à-Pierre) 102.
	Capelle (Buat) 80 . . . .

Avant d'indiquer les principales nappes souterraines
qui alimentent les sources et les puits du canton de
Solesmes, il peut-être utile d'expliquer ce que c'est
qu'une source et un puits.

Lorsque la pluie tombe à la surface de la terre, une
partie s'évapore et va former de nouveaux nuages ; une
seconde portion suit les cours d'eau et se rend dans la
mer ; et une troisième portion pénètre dans la terre et
donne naissance aux sources et aux puits. En vertu des
lois de la pesanteur, l'eau s'infiltre de plus en plus et
descend jusqu'à ce qu'elle rencontre une couche imperméable qui l'arrête et qui forme le fond d'une sorte de
rivière ou plutôt de grand lac souterrain. L'eau s'y trouve
intercalée dans les fentes des pierres, entre les grains de
sable ; elle impreigne la couche aquifère ; mais on se
tromperait beaucoup si l'on se figurait dans l'intérieur
de la terre des cavités, des sortes de cavernes ou d'aque-

ducs où l'eau coule comme à la surface du sol. Le
liquide cependant n'est pas en stagnation dans la couche
aquifère, il circule lentement, en suivant les ondulations
et la pente de la couche imperméable qui a arrêté sa
descente. Si par suite des inégalités de la surface extérieure du sol, la couche aquifère vient au jour en un
point quelconque, dans le fond d'une vallée par exemple,
l'eau coule par là : il y a une source. C'est aux sources
et aux rivières que l'homme a d'abord puisé l'eau néces-
saire à ses besoins ; aussi à peu d'exceptions près, les
villes, les villages et même les fermes anciennes sont
situées dans le voisinage d'un cours d'eau ou d'une
source. Dans le canton de Solesmes, les deux villages
qui ne soient pas sur le bord d'une rivière, Beaurain et
Viesly, ont des sources à leur disposition ; il en est de
même de la ferme de Fontaine-au-Tertre.

Plus tard l'homme chercha à vivre dans une dépen-
dance moins grande des cours d'eau et des sources ; il
se mit à faire des puits. Un puits est un trou qui pénètre
plus ou moins profondément dans une couche aquifère ;
l'eau que celle-ci contient se rassemble au fond comme
dans un réservoir et il est facile de l'y puiser. On a vu
dans la première partie de ce mémoire que les diverses
couches qui composent notre sol ne sont pas régulières ;
que telle, qui existe en un point, est absente en un
autre ; qu'elles sont plus ou moins inclinées. Les nappes
aquifères présentent les mêmes irrégularités et les mêmes
différences de niveau. Ainsi, les sables qui fournissent
l'eau au puits de Grenelle sont en Champagne, à
130 mètres au-dessus du niveau de la mer, tandis qu'à

Paris ils sont à 470 mètres au-dessous. Par là, on comprend facilement qu'indépendamment des inégalités du terrain où ils sont situés , les puits qui s'alimentent à la même nappe peuvent cependant avoir des profondeurs différentes; on comprend aussi que plusieurs nappes aquifères peuvent se trouver superposées dans un même endroit.

La quantité d'eau que fournit un puits est très variable; elle dépend de l'étendue du réservoir aquifère et de la quantité d'eau qui tombe et de la profondeur à laquelle le puits pénètre dans la couche aquifère. Supposons une colline présentant à mi-côte une couche d'argile, toute l'eau de pluie qui s'arrêtera en haut de la colline pénétrera jusqu'à cette couche d'argile et formera à sa surface une nappe aquifère d'autant plus riche que la colline sera plus étendue. Si le puits pénètre jusqu'au fond de la couche aquifère, il pourra recueillir toute l'eau qu'elle renferme; mais s'il s'arrête à un niveau plus élevé , il n'en aura qu'une partie ; de là l'utilité, dans certains cas, de faire approfondir un puits ; mais il peut aussi y avoir un inconvénient. Si on vient à traverser la couche imperméable qui forme le fond du puits, et que l'on rencontre dessous une nouvelle couche perméable, le puits ne tiendra plus l'eau, et le mieux qu'on aura à faire sera d'y couler du béton, à moins qu'on ne préfère continuer à creuser jusqu'à ce qu'on atteigne une nouvelle nappe aquifère. Dans certains cas il peut arriver que dès qu'on a traversé la couche imperméable, l'eau s'élève subitement à un niveau plus élevé que celui qu'elle avait primitivement et qu'elle jaillisse même au-dessus du sol.

On a alors un puits artésien. Qu'il soit jaillissant ou non,
un puits artésien est toujours produit par une nappe aquifère enfermée entre deux couches imperméables. Cette
couche aquifère, souterraine à l'endroit B, où on a
creusé le puits n'est pas uniformément recouverte par la
couche imperméable supérieure ; elle se présente à la
surface du sol dans un autre pays, A, par exemple, où
elle produit des puits ordinaires. Dès qu'en creusant le
puits artésien ; on supprimera la couche imperméable
supérieure qui la tient captive, l'eau tendra à y atteindre
le niveau qu'elle a dans les puits ordinaires du pays A, et
si ce pays A possède une altitude supérieure à celle de
l'endroit B, elle jaillira. Ainsi la nappe aquifère de Grenelle étant en Champagne à une hauteur d'environ
130 mètres au-dessus du niveau de la mer, tandis que
la plaine de Grenelle n'a qu'une altitude de 31, l'eau
dans ce dernier point s'élèvera de manière non-seulement à atteindre la surface du sol, mais encore à dé-
passer cette surface.

On trouve dans le canton de Solesmes six nappes
aquifères :

1° La plus élevée se tient à la base du Loess, à la surface des grès lorsque ceux-ci forment une couche continue : elle n'est guère utilisée que dans quelques maisons situées sur la route de Solesmes à Valenciennes,
entre le chemin d'Haussy à Beaurain et celui de Saulzoir
à Escarmain. Encore ces puits tarissent-ils souvent et on
a dû les approfondir. Après avoir traversé 70 centimètres de grès, puis 3 mètres de terre rouge, on atteint
le tuffeau, et en y pénétrant de 1 mètre à 2 mètres, on

a trouvé de l'eau en abondance. Cette eau était retenue par une couche d'argile avec silex qui sépare toujours le tuffeau de la craie ;

2º On peut en effet trouver en certains points sur le conglomérat une seconde nappe aquifère qui acquiert beaucoup d'importance dans les environs de Landrecies et du Quesnoy, mais qui ne joue aucun rôle dans le canton de Solesmes ; elle y existe peut-être même rarement à cause du faible développement et l'irrégularité du conglomérat;

3º La troisième couche aquifère est celle qui fournit de l'eau aux puits d'une partie de Viesly, qui donne naissance à la Fontaine de ce village, à celles de Prayelle et de Fontaine-au-Tertre, et qui produit les étangs de Beaurain. Elle repose sur l'argile noire à poteries de l'étage des sables. C'est une nappe locale comme la couche qui lui donne naissance;

4º La quatrième nappe aquifère est dans les bancs supérieurs de la craie à Micraster-Leskei, c'est celle qui fournit de l'eau au puits de la ferme de Fontaine-au-Tertre (profondeur 30 mètres), et au village de Saint-Vaast. Elle ne peut exister que dans les points où la craie à Micraster-Leskei, est recouverte par la craie à Micraster cor testudinarium, sans quoi elle se confond avec la nappe qui est à la partie inférieure des terrains tertiaires ;

5º La cinquième nappe aquifère est située dans les marnes grises à Terebratulina gracilis, tantôt à la partie supérieure, tantôt mais plus souvent dans les bancs calcaires qui y sont intercalés. Elle est très abondante et fournit de l'eau à presque toutes les sources et tous les puits du canton, car les quatre premières nappes sont très limitées et par leur peu d'étendue elles produisent quelques faits dont on ne se rend pas toujours compte au premier abord. Ainsi à Viesly, dans le haut du village, on trouve l'eau à 8 mètres ; et 20 mètres plus bas dans les rues d'Inchy et de Briastre , les puits ont environ 25 mètres de profondeur. C'est que les premiers prennent l'eau dans les sables tertiaires, tandis que les seconds doivent aller jusqu'aux marnes à Terebratulina gracilis. De même les puits des maisons de la route de Valenciennes , à l'E. d'Haussy , ont de 3 à 10 mètres de profondeur ; ils puisent leur eau dans la première nappe, tandis que les puits de la ferme située sur la même route, à la jonction du chemin de Saulzoir à Saint-Martin, quoique creusés à un niveau inférieur de 20 mètres aux précédents doivent descendre à 23 mètres ;

6° Une sixième nappe aquifère se trouve à la partie inférieure des marnes grises ; l'eau y est enfermée dans des bancs de calcaire compacte, plus ou moins marneux, qui sont intercalés dans cet étage, et elle est retenue par l'épaisse assise des argiles bleues à pyrite de la craie glauconieuse. On l'a atteinte à la sucrerie d'Haussy, à 9 mètres de profondeur ; à la sucrerie de Solesmes , à 19 mètres ; à Forest (canton de Landrecies), à 21 mètres. Avant d'arriver à la couche aquifère , on traverse un premier banc d'argile bleue ; je n'ai pas pu voir cette dernière roche, mais tout me porte à croire que c'est une couche de marne grise qui conserve sa couleur

bleue tant qu'elle est maintenue à l'abri de l'air. Le calcaire qui renferme l'eau appartient encore à la même
assise, et il faut ne ranger dans l'étage de la craie glauconieuse que l'argile bleue inférieure. D'après cela, il y
a dans les marnes grises deux niveaux d'eau, l'un à la
partie supérieure, l'autre à la partie inférieure; mais je
n'ai pas encore pu les distinguer d'une manière rigou-
reuse dans toutes les circonstances.

A la fabrique de sucre de Solesmes, sur la route de
Landrecies, le puits prenait de l'eau dans cette sixième
nappe à une profondeur de 19 à 20 mètres. On a creusé
plus profondément, dans l'espérance de trouver un niveau plus abondant; en effet, après avoir traversé le
Tourtia, on a rencontré à 70 mètres de l'eau en abondance, mais cette eau était sulfureuse, et on a dû bou-
cher le puits; elle provenait probablement des cendres
pyriteuses de l'étage du Gault.

Après les détails que je viens de donner sur la géné-
ralité du canton, il ne me reste plus que peu de chose à
dire sur chaque commune en particulier. L'indication de
toutes les exploitations qui y ont lieu constituerait un travail de statistique qui, vrai aujourd'hui, serait demain
incomplet et inexact; car il est de ces exploitations qui
durent à peine une campagne. Tous les renseignements que l'on peut désirer à ce sujet se trouvent, du
reste, dans l'excellent dictionnaire topographique de
M. Bruyelle.

Si je les reproduits ici, c'est pour ne pas laisser ina-
chevé le cadre que j'avais tracé au début de ce travail, et

pour résumer par une sorte de tableau ce qui a déjà été dit.

BEAURAIN. Cette petite commune située sur la hauteur entre le ruisseau Bayart et le ruisseau d'Herpies n'a qu'une contenance de 96 hectares. Son sol est assez plat : il y a dans le village quelques étangs dont le fond est formé par l'argile des sables tertiaires. Les puits ont 28 mètres au maximum ; ils vont chercher l'eau dans la nappe supérieure aux argiles grises. Carrières de Grès, de sable blanc, et d'argile à tuiles.

BERMERAIN. Commune de 623 hectares sur la rive droite de l'Ecaillon, en aval de son confluent avec le ruisseau St Georges. La rivière est à une altitude de 60 mètres environ, et le moulin au N.-E. du village, à 98 mètres ; ce qui donne à la vallée une profondeur de 38 mètres. — Il y a plusieurs fontaines qui prennent naissance à 2 mètres environ au-dessus de la vallée, à la partie supérieure des marnes grises. C'est la même nappe aquifère qui fournit l'eau des puits ; ceux-ci ont 20 mètres au maximum. Dans la vallée, exploitations de marnes grises et de craie à silex (fours à chaux) sur la hauteur, exploitations de silex dans le conglomérat.

BRIASTRE. Commune de 666 hectares coupée en deux au N. par la vallée de la Selle et entamée au S.-O. par un petit vallon qui remonte dans la direction d'Inchy. L'altitude de la vallée est de 70 mètres, celle des hauteurs de droite 125, et celle des hauteurs de gauche 120. La différence de niveau est donc de plus de

5o mètres. Les puits n'ont dans le bas du village que 2 à 3 mètres et 7 mètres dans le haut. A Bellevue, sur la route du Cateau, ils ont 3o mètres La craie à silex existe dans la vallée et le vallon généralement recouverts de 3 à 4 mètres de loess, mais on ne l'exploite pas. Sur le chemin vert (vieille route de Solesmes au Cateau), derrière Bellevue, carrières de grès ; à un niveau plus bas, exploitations de silex du conglomérat. Dans la partie du territoire au N. de Viesly, on pourrait trouver du sable.

CAPELLE. Commune de 5o7 hectares traversée par l'Ecaillon et le ruisseau Saint-Georges, qui y ont leur confluent. Le confluent des deux vallées est à 65 mètres, et les puits y sont disposés comme ceux d'Escarmain. Au pont de Buat, sur la rive droite du ruisseau de Bau-degnies, il y a des carrières d'où on tire la craie à silex et la marne grise. Sur la hauteur au S.-E. du village, (110 mètres,) il y a d'importantes exploitations de sable que l'on va chercher à 10 mètres de profondeur.

ESCARMAIN. Commune de 64o hectares située en grande partie sur la rive gauche du ruisseau de Saint-Georges. La vallée est environ à 8o mètres d'altitude au centre du village, et les hauteurs à 114 mètres; c'est par conséquent une différence de 34 mètres. Dans le village à 2 ou 3 mètres au-dessus du ruisseau, il y a de nombreuses sources qui viennent de la partie supérieure des marnes grises ; aussi les puits sont-ils très-peu pro-fonds. Dans la vallée, sur la rive droite du ruisseau, entre ce village et Pont-à-Pierre, on exploite les marnes grises et la craie de silex. A mi-côte, on retire les silex du conglomérat. Il y a des carrières de grès au N. O. du village, et on pourrait probablement aussi extraire cette roche entre Escarmain et Vertain.

HAUSSY. Commune de 1562 hectares, sur les deux rives de la Selle. La vallée est à 42 mètres au-dessus du niveau de la mer. Les hauteurs de la rive droite atteignent 106 mètres et celles de la rive gauche 97 mètres. Le fond de la vallée repose sur les marnes grises; aussi les puits y sont peu profonds. Sur la rive droite, on voit quelques exploitations de craie à Micraster-Leskei. Au-dessus est le conglomérat à silex composé de gros silex empatés dans une argile brune; sur les hauteurs de la même rive, on tire du sable et des grès; entre ces sables et le conglomérat, on voit le tuffeau. Sur la rive gauche, la pente peu inclinée, du reste, est entièrement couverte par le lœss.

MONTRÉCOURT. Commune de 358 hectares sur la Selle. La position géologique de cette commune est tout-à-fait la même que celle de Saulzoir. Il y a sur la rive gauche des fours à chaux et des carrières dans la craie à Micraster-Leskei; la même craie est entaillée par la nouvelle route de Solesmes à Denain.

ROMERIES. Commune de 597 hectares traversée par le ruisseau d'Herpies; la vallée est à 109 mètres au moulin d'Hirson, à son entrée sur le territoire de Romeries, et à 90 mètres à sa sortie du côté de Vertain. Près de Neuville, l'altitude du sol est de 137 mètres. La rivière coule sur les marnes grises ; la craie à Micraster-Leskei est exploitée en divers points de la rive droite ; au four à chaux du village, elle a une vingtaine de mètres ; elle est surmontée par le conglomérat épais de 2 mètres au moulin d'Hirson. Au N. de Vertigneul on trouve une argile assez plastique, violacée ou ocreuse avec nids de sable ocreux ; elle est immédiatement au-dessus du conglomérat dont elle fait partie. A la carrière du four à chaux de Romeries, il y a sur la craie 20 centimètres de conglomérat, puis une couche ayant au plus 1 mètre de sable vert avec petites veines d'argile. Le même sable vert est exploité dans une pâture à l'extrémité du village, entre le chemin de Vertain et le ruisseau ; je le considère comme du tuffeau non aggregé. A l'extrémité du territoire, du côté de Neuville, et peut être même sur le territoire de Neuville, une autre sablière fournit du sable siliceux jaunâtre appartenant à l'assise supérieure de l'Etage. Les puits sont assez profonds ; ils vont chercher l'eau dans les marnes grises.

SAINT-MARTIN. Commune de 529 hectares limitée au N. par l'Ecaillon, et traversée à l'O. par le ruisseau de Saint Georges. L'Ecaillon, près de Bermerain, est à 60 mètres environ et le ruisseau de St-Georges, à Court à Rieux, est à 63 mètres. Le sol s'élève au S. et atteint une altitude de 108 mètres. Le village étant tout entier dans la vallée, les puits n'y ont que quelques mètres. A la ferme de Court à Rieux, les marnes grises sont au niveau de la rivière ; de cette ferme à Orchival, il y a plusieurs carrières de craie à silex. Sur la hauteur :

exploitations de grès ; à mi-côte on tire du silex du conglomérat.

SAINT-PYTHON. Commune de 745 hectares : le village tout entier est groupé autour de la Selle, mais le territoire s'étend à droite et à gauche de la vallée. Celle-ci est à 65 mètres, tandis que les hauteurs de droite s'élèvent à 105 mètres environ, et celles de gauche à 97. Les puits vont chercher l'eau dans la partie supérieure des marnes grises, et par conséquent au niveau de la Selle ; aussi sont-ils très-peu profonds. Les hauteurs de gauche sont entièrement couvertes par le loess; celles de droites ne sont pas non plus très-escarpées ; la craie y est recouverte par le tuffeau que l'on peut observer sur le chemin du Marais près de sa jonction avec la route de Solesmes à Haussy ; au-dessus on voit des exploitations de grès et de sable.

SAINT-VAAST. Commune dont le territoire de 439 hectares d'étendue est traversé par l'Erclain ; la vallée est à 72 mètres d'altitude et les hauteurs voisines à 95 où 100 mètres. (Arbre de la Femme 97, moulin du côté d'Avesnes-lez-Aubert 100). Toute la commune est couverte par le loess souvent très épais (10 à 11 mètres); et on ne voit la craie affleurer que sur le bord de l'Erclain et dans le vallon au N. du village où elle est exploitée ; elle appartient à l'assise du Micraster cor testudinarium, cependant la partie supérieure de l'Assise à Micraster-Leskei se trouve au fond de la vallée ; elle forme le niveau d'eau qui fournit les puits du village. Les plus profonds sur la route de Solesmes ont 27 mètres, savoir :

Terre végétale et loess. . . . . . 21 mètres.
Craie à Micraster cor testudinarium   4
Craie à Micraster Leskei. . . .   2

Dans le bas du village ils n'ont que 4 à 5 mètres; entre le Loess et la Craie, on ne trouve ni sable ni tuffeau ; il y a par place des silex dans une couche argileuse, c'est peut-être le conglomérat ; en tous cas, cette couche retient les eaux superficielles et dans les temps de pluie elle forme de petites couches sur les bords de l'Erclain.

SAULZOIR. Grande commune, dont le territoire est de 1016 hectares : elle est traversée par la Selle sur laquelle est bâti le village. L'altitude de la vallée est de 50 mètres, celle des collines de gauche 84, et celle des collines de droite 94. Celles ci assez escarpées du côté de Montrécourt forment des pentes plus douces vers le Nord. De ce côté, ainsi que sur la rive gauche, elles sont entièrement couvertes par le loess. Près d'un petit bois du côté de Saint-Aubert, on exploite, pour amender les terres, une argile marneuse blanche ou grise renfermant des fragments de marne : on n'y trouve pas de cailloux bien qu'elle dépende du conglomérat à silex. Entre Saulzoir et Montrécourt, la rive droite de la Selle est bordée d'un escarpement de craie avec nombreux silex, coupé au milieu par un lit de marne grisâtre, épais de 40 centimètres. Le Micraster Leskei se trouve au-dessus comme au-dessous de ce banc marneux, que l'on voit se prolonger à peu près à la même hauteur sur la nouvelle route de Solesmes jusqu'au delà de Montrécourt. Au-dessus de la craie, il y a une couche de conglomérat où les silex sont très roulés et accompagnés de fragments de craie. Les puits sont peu profonds ; ils ont, en général, de 4 à 5 mètres, et près de la rivière il y a une fontaine abondante ; toutes ces eaux sont retenues par les marnes grises.

Solesmes. C'est la commune la plus étendue du canton, et après Crèvecœur, la plus vaste de l'arrondissement ; elle comprend 2330 hectares. Elle est arrosée par la Selle et le Bayart ; on y trouve en outre plusieurs ravins, l'un qui vient de Vertigneul, un second qui part d'Ovillers, et suit à peu près la route de Landrecies, un troisième vient de Croix et de Forest et suit le chemin de Forest ; tous trois vont joindre la vallée du Bayart. Un quatrième ravin traverse la route du Cateau entre Solesmes et Belle-Vue. Les vallées de la Selle et du Bayart reposent sur les marnes grises ; c'est de cette assise que sortent les sources si nombreuses et si abondantes du Bayart ; c'est là aussi que la plupart des puits de la ville vont chercher leur eau. A Ovillers, comme à Amerval et à la Croisette, les puits ont 20 mètres ; ils pénètrent également jusque dans les marnes grises ; à la Maison-Rouge, entre Ovillers et Solesmes, ils n'ont que 13 mètres, bien qu'ils arrivent probablement aussi à la même couche aquifère ; cela tient aux ondulations souterraines dont il a déjà été question.

Sur le flanc des vallées, et dans les quatre ravins de la rive droite, on voit la craie à Micraster-Leskei exploitée comme pierre à chaux et comme marne ; ainsi, près de la route de Valenciennes, sur celle de Landrecies, près

de celle du Cateau, à Ovillers. La hauteur au N. de Solesmes (105 mètres environ) est formée par le tuffeau ,
les sables et grès et le loess. La hauteur entre le ravin
d'Ovillers et Beaurain ne présente plus de tuffeau ; on
y voit le conglomerat à silex. Entre le ravin d'Ovillers et
celui de Forest , c'est-à-dire entre la route de Landrecies et le chemin de Forest, il y a une colline oblongue
de 135 mètres d'altitude ; on doit y trouver des grès et
des sables et en-dessous le conglomérat. Entre le Bayart
et la Selle, au S.-E. de Solesmes, la hauteur n'est que
de 120 mètres ; on y voit en descendant vers le ravin de
la route du Cateau le tuffeau et son substratum d'argile
à silex remplissant les anfractuosités de la craie. Au-
dessus on trouverait probablement les grès et les sables.
Enfin la portion du territoire de Solesmes, située sur la
rive gauche de la Selle, est entièrement recouverte par
le loess ; peut-être à l'extrémité, du côté de Fontaine-
au Tertre , pourrait-on trouver des grès.

La vallée du Bayart présente quelques faits curieux
sur lesquels je vais dire deux mots. Quatre puits ont été
creusés à la sucrerie de M. Mesnard. Le plus méridional
a traversé le loess, à la base duquel il a rencontré une
première nappe d'eau ; puis il a percé le conglomérat à
silex, les marnes à Terebratulina gracilis qui lui ont
fourni une seconde nappe d'eau ; enfin, il a atteint les
argiles bleues avec Pyrite de la craie glauconieuse à une
profondeur de 20 mètres. Un second puits situé à
300 mètres du N. du précédent et plus près de Bayart, à
un niveau inférieur de 10 mètres environ, a montré d'a-
bord 3 mètres de calcaire concretionné, sorte de tuf où

le travertin alluleux rempli d'*hélix hortensis* (escargot des jardins), d'empreintes, de branches et de feuilles, que l'on peut rapporter, soit au noisetier soit au saule. Puis dessous du sable boulant, analogue à celui qui était dans le loess. On a dû s'arrêter dans la crainte d'é-branler une maçonnerie voisine. Dans un troisième puits situé près du précédent, mais un peu plus vers le N., et par conséquent vers le ruisseau, on a trouvé dessous le calcaire concretionné 1 mètre 5o de terre tourbeuse, qui renferme une quantité considérable de morceaux de bois, particulièrement des racines, des glands, des noisettes, etc. Cette couche repose directe-ment sur l'argile bleue avec pyrite que l'on a percé sans discontinuité sur une profondeur de 3o mètres. Un quatrième puits ouvert à 3 mètres de là vers le N. et vers le ruisseau a offert sous la tourbe 3 mètres de gravier que l'on n'a dépassé. Il y a donc dans la vallée du Bayart trois dépôts d'alluvion successifs le plus ancien est formé de cailloux roulés apportés probablement par le ruisseau (il en est très-voisin); le second est une terre tourbeuse, qui s'est produit dans un bois planté de noisetiers, de saules et de chênes; puis la vallée a été occupée par un étang peu profond, traversé par une eau courante et incrustante, c'est-à-dire laissant dépo-ser du carbonate de chaux par précipitation.

Ces faits permettent de faire une seconde observation également importante, c'est l'inégalité de la surface de l'argile bleue glauconieuse. A 20 mètres du sol dans le premier puits, elle se rencontre dans le troisième à 4 mètres 5o. En supposant que le sol ait baissé de

10 mètres, c'est encore une différence de niveau de
7 mètres. Dans le deuxième puits voisin du troisième
on ne l'a pas atteint bien que l'on soit descendu à 6 ou
7 mètres. La figure ci-jointe est une représentation
graphique de ces détails si curieux.

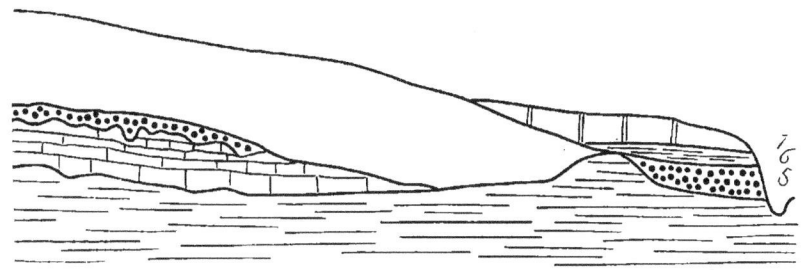

1 Argile bleue à pyrite.   5 Gravier.
2 Marnes à Terebratulina gracilis.   6 Terre tourbeuse.
3 Conglomérat.   7 Calcaire concré-
4 Lœss.   tionné.

SOMMAING. Petite commune de 355 hectares sur
l'Ecaillon ; la vallée y est à 45 m. au-dessus du niveau de
la mer, tandis que la hauteur du Nord atteint 95 m.,
et celle du Sud 94. La craie à silex se voit sous l'église
du village et on la retrouve dans un ravin situé au
N.; elle y est surmontée du conglomérat à silex. Sur la
hauteur qui est au N. on voit exploiter les grès. Il en est
de ces puits comme de ceux de Vendegies-sur-Ecaillon.

VENDEGIES-SUR-ÉCAILLON. Cette commune est située
au confluent des ruisseaux d'Herpies et de Ruesnes avec
l'Ecaillon. Son territoire de 643 hectares est donc assez
accidenté. Le fond des vallées est formé par les marnes

grises. Sur la rive droite de l'Ecaillon, les flancs de la
vallée sont un peu escarpés, et il y a plusieurs exploitations de craie à silex pour faire de la chaux. Entre
l'Ecaillon et le ruisseau d'Herpies, on ne voit que le
lœss coupé par la chaussée Brunehaut sur une épaisseur
de 4 mètres. Sur la rive droite de ce ruisseau et de
l'Ecaillon, le lœss couvre toute la pente qui du reste est
fort douce. Les puits du village vont chercher l'eau à la
partie supérieure des marnes grises ; celui de la fabrique
de sucre a 30 mètres ; il va jusqu'au-dessous de la
couche bleue.

VERTAIN. Ce village de 578 hectares situé près de
Romeries sur le ruisseau d'Herpies, se trouve tout à fait
dans les mêmes conditions. Le fond de la vallée est à
75 mètres, tandis que la hauteur de la rive droite est à
109 m. On pourrait y extraire la pierre à chaux, le
silex et le grès.

VIESLY. Le territoire de cette commune, d'une étendue
de 1080 hectares, est situé entre la Selle et l'Herclain.
Le village est environ à 120 m ; la hauteur entre Viesly
et Prayelle atteint 129 m. ; la ferme de Fontaine-au-
Tertre est à 119 m. Le sous-sol du village est essentiellement formé par une couche d'argile noire qui sert
pour faire des pannes. Cette argile retient les eaux qui
ont traversé le lœss et forme un niveau d'où sortent les
sources de Viesly, de Prayelle et de Fontaine-au-Tertre ;
à un niveau un peu inférieur à l'argile, on trouve les
sables exploités à l'entrée de Viesly sur le chemin de
Briastre à Prayelle et près de Fontaine-au-Tertre ; dans

ce dernier point ils renferment des grès. Le tuffeau ou
le conglomérat à silex existe-t-il sous les sables? rien,
à cette heure, n'a pu le faire présumer. La craie à
Micraster cor Testudinarium couvre souterrainement
le territoire de Viesly ; elle est exploitée sur lés bords
de l'Erclain près du chemin de Béthencourt. La profondeur des puits de cette commune est variable : du
côté de Fontaine-au-Tertre ils n'ont que quelques
mètres; ils ne pénètrent que dans la partie supérieure de
la craie à Micraster Leskei. Quant au puits de la ferme
de Prayelle situé à un niveau plus bas (95 mètres), il a
28 mètres et doit pénétrer dans la partie supérieure des
marnes grises. Le puits de Fontaine-au-Tertre a 30
mètres; il ne va qu'à la partie supérieure de la craie
à Micraster Leskei.

(A suivre prochainement.)

Cambrai. — Typ. de L. CARION, rue de Noyon, 9.

24